스피치로 통통통 하라

스피치로 통통통하라

발행일 2017년 03월 22일

지은이 김 종 억
펴낸이 손 형 국
펴낸곳 (주)북랩
편집인 선일영 편집 이종무, 권유선, 송재병, 최예은
디자인 이현수, 김민하, 이정아, 한수희 제작 박기성, 황동현, 구성우
마케팅 김회란, 박진관
출판등록 2004. 12. 1(제2012-000051호)
주소 서울시 금천구 가산디지털 1로 168, 우림라이온스밸리 B동 B113, 114호
홈페이지 www.book.co.kr
전화번호 (02)2026-5777 팩스 (02)2026-5747

ISBN 979-11-5987-460-4 03800(종이책) 979-11-5987-461-1 05800(전자책)

이 도서의 국립중앙도서관 출판예정도서목록(CIP)은 서지정보유통지원시스템 홈페이지(http://seoji.nl.go.kr)와 국가자료공동목록시스템(http://www.nl.go.kr/kolisnet)에서 이용하실 수 있습니다.
(CIP제어번호 : CIP2017006724)

스피치로 통통통 하라

의사소통 만사형통
운수대통

김종억 지음

북랩 book Lab

글머리에

갈수록 치열해지는 경쟁 환경 속에서 대표적인 공적 커뮤니케이션 형태에 속하는 스피치는 리더나 관리자들에게만 요구되는 능력이 아닌, 이 시대를 살아가는 사람이라면 누구나 반드시 갖추어야 할 덕목이며, 중요한 경쟁력 요소가 되었습니다.

말이 자신의 생각을 효과적으로 전달해 주는 중요한 매개체를 넘어서서 자신의 능력과 인격을 나타내는 잣대라는 사실은 예로부터 '신언서판(身言書判)', 즉 신체, 말솜씨, 글솜씨, 판단력을 사람을 가늠하는 중요한 기준으로 삼은 데서도 잘 알 수 있습니다. 이 같은 기준은 오늘날 사회 곳곳에서 여전히 통용되고 있습니다.

사람들과의 관계에 있어 말 한마디의 잘못으로 원수지간이 되거나 평생에 지울 수 없는 상처를 주기도 하는 반면에 사회생활이나 가정에서 말 한마디를 잘 하여 앞날이 열리는 경우도 있습니다. 이것은 말 한마디가 우리 인생에서 얼마나 중요한가를 단적으로 나타내고 있습니다.

하지만 현대를 살아가는 우리는 말을 하고 사는 것을 너무나 당연한 것으로 생각하기 때문에 말의 중요성에 대해 그다지 관심을 갖지 않습니다.

저 역시 그런 사람 중 한 사람이었습니다. 저는 빈곤한 집안의 6남매 중 장남으로 태어나 어렵게 초등학교를 졸업하고 미인가 시설에서 중학교 과정을 다니다가 이마저도 여의치 않아 열여섯의 나이에 사회생활을 시작했습니다.

제 또래의 아이들이 교복을 입고 학교를 다닐 때 저는 생활전선에서 기름작업복을 입고 평택읍내의 철공소에서 기술을 배우며 의식주 문제를 해결해오던 중 학력미달로 군대를 못 간다는 국가의 결정을 받고부터는 가난 때문에 배우지 못한 것에 심한 좌절감과 분노를 갖고 생활하게 되었습니다.

이런 힘든 나날 속에서 단기사병 근무 시에 만난 동료로부터 정규교육을 받지 않아도 사회가 학력을 인정하는 검정고시라는 제도가 있다는 것을 알게 되었고, 이때부터 학력미달을 극복하기 위하여 독학으로 공부를 시작해서 중·고등학교 과정을 검정고시로 패스하였습니다. 이를 디딤돌로 삼아 당시로써는 늦은 나이인 29세 때 공직에 들어오게 되었습니다.

이런 저의 삶에 있어 말에 대한 관심이나 중요성은 아무런 의미가 없다고 생각하면서 공직생활을 하던 중 제 자신에 대한 새로운 사실을 알게 되었습니다.

사적이든 공적이든 주변사람들과 이야기를 하다보면 많은 분들이 저에게 어쩌면 '그렇게 말을 잘하느냐'고 하는 것입니다. 처음에는 제가 그동안 살아오면서 말을 잘한다고 한 번도 생각해본 적이 없기 때문에 그저 '듣기 좋고 지나가는 말로 하는 걸 거야'라고 생각했습니다.

그런데 그 이후로도 만나는 사람들은 "당신과 이야기하면 재미가 있고 유쾌하다, 사람들을 기분 좋게 한다."고 말씀해 주셨습니다. '아! 그래, 나에게도 이런 장점이 있었구나!' 하고 이때부터 말에 대해 관심을 갖기 시작했습니다.

이후로 어떻게 하면 많은 사람들 앞에서 자신감 있고 당당하게, 효과적으로 의사표현을 할 수 있을까? 하다가 스피치에 관심을 갖게 되었고, 김양호 원장님의 스피치 관련 책을 접하면서 나름대로 공부를 하게 되었습니다.

이후 체계적인 스피치 학습을 위해 카네기 리더십과 크리스토퍼 리더십 코스를 수강하는 과정을 통해 대중 앞에서 자신감을 가지고 이야기하게 되었고 크리스토퍼 평생교육원 강사로도 활동하였습니다.

이런 활동을 하면서 사람들과의 대화 속에서 말이 정말 중요하다는 것을 새삼 깨닫게 되었고 대인관계를 잘 유지하기 위해서나 자신의 성공을 위해서도 스피치는 반드시 필요하다는 것을 느끼게 되었습니다.

무엇보다도 제 자신이 공직에서 경험하고 배우며 조직과 사회생활을 성공적으로 할 수 있었던 이면에는 스피치가 큰 도움이 되었음을 부인할 수가 없습니다.

이제 공직생활을 마감하면서 그동안 스피치 관련 학습이나 책자를 통해 익힌 것들과 공조직이나 사회생활에서 말로 인하여 사람들과 갈등을 겪고 이를 해소하는 과정에서 얻은 경험들을 토대로 스피치 관련 책을 집필하게 되었습니다.

시중에는 명강사 분들이나 커뮤니케이션 관련 전문가 분들이 집필한 스피치 도서가 무수히 많이 나와 있습니다. 그러나 이런 도서를 읽고 명문학원에서 스피치 강의를 듣는다고 누구나 다 명 스피커가 될 수는 없습니다. 스피치는 그저 입과 귀로만 되는 것이 아니며, 그 사람의 얼굴표정이나 눈빛, 제스처, 걸음걸이, 에티켓 등이 종합적으로 어우러져 만들어내는 커뮤니케이션이기 때문에 단순히 말을 잘하는 것과는 차원이 다릅니다.

영국의 과학자인 헉슬리는 "인생의 위대한 목표는 지식이 아니라 행동이다."라고 했습니다. 스피치를 잘 하는 것이 어렵다고 생각하지 마시고 자신의 생각을 행동으로 옮겨 학습하고 연습하시기 바랍니다. 무슨 일이든 시작하지 않으면 끝을 맺을 수가 없습니다.

끝으로 추천의 글을 보내주신 법무법인 동천에 김정찬 대표변호사님과 책을 집필하는 동안 도움을 준 크리스토퍼 평생교육원 용인지부 안병렬 강사님을 비롯한 모든 강사님들 그리고 탈고에 도움을 준 조석문 실무관께 고마움을 전합니다.

특히 어려운 환경 속에서도 성인이 된 아들 성민, 딸 연지, 연주 그리고 늘 옆에서 응원해준 사랑하는 아내와 그동안 성원해준 모든 분들 덕분으로 공직생활의 뒷모습을 아름답게 마무리 할 수 있기에 진심으로 감사한 마음을 전합니다.

공직의 길을 마감하면서 퇴임기념으로 출간된 이 책이 나오기까지 다시 한 번 되돌아본 지난 삶은 역경의 연속이었지만 꿈을 성취할 수 있었기에 떠나는 길도 후회 없고 제 앞에 펼쳐질 새로운 세상에 대한 동경으로 가슴이 설렙니다.

아직도 너무나 부족한 게 많지만 배움에 대한 열망은 나를 어둡고 험한 세상에서 빛으로 이끈 가장 큰 힘이었기에 앞으로도 많은 분들이 이 책을 활용해서 누구에게나 희망을 주고 유익한 즐거움을 줄 수 있는 사람이 될 수 있기를 진심으로 바랍니다.

2017년 3월

김종억

추천의 글

인간은 사회적 동물이기에, 인간이 라면 누구나 이 세상을 살아가는 동안 자의든 타의든 필연적으로 많은 사람과 관계를 맺으며 살아갈 수밖에 없습니다.

이러한 사람들과의 관계 속에서 대인관계를 얼마나 좋게 유지하느냐에 따라 자신의 사회적 지위, 성공 여부가 결정된다고 보아도 과언이 아니라 할 것입니다.

이와 관련하여 우연히 孟子에 나오는 '得道多助'라는 말을 접하게 되었습니다. 여기서 '道'란 사람의 마음을, '得道'란 사람의 마음을 얻었다는 뜻입니다. 지도자가 '道'를 얻었다는 것은 민심을 얻었다는 것이고, 기업가가 '道'를 얻었다는 것은 고객의 마음을 사로잡았다는 것을 의미합니다.

평소에 주변 사람들의 마음을 얻어야 도와주는 사람이 많게 되고, 도와주는 사람이 많은 사람은 어느 누구도 이길 수가 없다고 합니다. 그 사람이 잘 되기를 바라는 사람이 많고, 그 사람이 쓰러지지 않기를 응원해 주는 사람이 많으면 그 사람은 절대 무너지지 않습니다.

이렇듯 사람의 마음을 얻고, 좋은 대인관계를 유지하기 위해서는 일상적이고 통상적인 대화를 넘어선 '스피치'의 기술을 익히는 것이야말로 성공의 지름길이라 할 것입니다.

이 책은 저자가 평소 공직생활과 한국 크리스토퍼 평생교육원 리더십 강사로 활동하면서 경험하고 학습하고 실천해왔던 '스피치'에 대하여 저술하고 있습니다. 즉 스피치의 개념, 가치, 중요성, 효과적인 기술 등에 대하여 정보와 사례를 들어가며 저술하고 있습니다.

특히 '제2부 스피치를 잘하기 위한 테크닉' 부분에 'Tip'이라는 항목으로 중간 중간 기술된 내용들은 이 책을 읽는 독자로 하여금 이해를 돕고 연습할 수 있도록 방법을 제시함으로써 한번 읽는데 그치지 않고 생활 중에 계속하여 활용할 수 있도록 기술되어 있습니다.

저자가 오랜 공직생활을 마감하면서 출간하는 이 책을 통하여 항상 자신이 염두에 두고 경험하고 실천해 온 '스피치'의 중요성과 그 기술 등을 전달함으로써, 이 책을 읽는 독자들에게 대인관계에서의 성공, 더 나아가서는 인생에서의 성공과 행복을 바라는 마음을 전하려 하고 있음에 감사드리며, 관심 있는 분들의 일독을 권하는 바입니다.

2016년 12월

법무법인 동천 대표변호사 김정찬

목차

제2부 스피치를 잘하기 위한 테크닉

제3부 대인관계의 성공 테크닉

제5부 설득의 성공 테크닉

제6부 스피치를 연습하고 활용하라

제1부

스피치에 숨은 마력이 있다

스피치로 통하는 세상

언어는 일상생활에서 신이 부여한 개인의 존엄성과 자신에 대한 자부심, 그리고 자기 이해와 타인의 이해를 높이는 의사표현의 중요한 수단이라 할 수 있다.

이런 언어를 활용할 수 있는 스피치는 대중에게 효과적으로 의사를 전달하는 기술을 말하며, 효과적인 의사전달을 통해 사람들이 가고자 하는 목적지를 알려주는 도로 표지판과 같은 역할을 한다.

그 이유는 서로 간의 소통을 통해 자신이 살아가는 현재의 삶에서 무엇을 추구해야 할지를 일깨워주고 때로는 지난 경험들을 되돌아봄으로써, 미래에 대한 확신을 심어주기 때문이다.

우리는 현대문명의 발전된 기술의 혜택을 누릴 수 있는 역사의 한 시점에서 생활하고 있지만 불행하게도 현대인들은 과거보다 불통의 시대에 살고 있다.

자신이 생각하고 있는 말을 제대로 표현하지 못함으로써 사람들과의 관계가 어렵고, 때로는 대인공포증으로 사람들이 많은 곳을 피하려하는 경향도 보이고 있다.

그러나 다행스러운 것은 많은 사람들이 이를 극복하기 위해 스피치라는 학문에 관심을 갖고 배우고 있다는 사실이다.

스피치의 가치를 인식한다는 것은 스피치가 그 어떠한 문명, 과학, 기술 훈련보다도 유용하다는 것을 아는 것이다.

스피치는 타인과 자신에 대한 삶의 이해 폭을 넓히는 계기가 되며, 살면서 배운 것을 공유함으로써 자신의 삶과 새롭게 연결하는 기회를 제공받게 되고 누구나 갖고 있는 잠재적 재능이나 자질에 대해 깨닫게 함으로써 우리의 인생에 희망과 용기를 주는 계기도 된다.

대화와 스피치는 다르다

스마트폰이 대중화되기 이전에는 신문이나 잡지 또는 책 등의 활자를 통하여 의사가 전달되는 경우가 많았다. 반면 스피치는 활자매체와 달리 말을 통해 화자의 의사가 전달되는 특징이 있다.

인간은 아침에 눈을 뜨는 순간부터 가족과의 대화를 시작하여 삶의 현장에서도 상대가 누가 되었든 하루 종일 말을 하면서 산다.

공적이든 사적이든 이렇게 많은 말을 하고 살 수밖에 없는 세상에서 말을 좀 더 효과적으로 표현하는 것이 스피치라고 할 수 있다.

통상적인 대화는 우리의 일상적인 생활에 있어 그 형식에 구애됨이 없이 자연스럽게 소통을 하는 것이지만 스피치는 상대가 누가 되었든 분명한 주제를 가지고 말하는 것이다.

스피치는 어떤 주제를 통일성과 일관성을 가지고 목적에 맞게 설명하는 과정을 거쳐 객관적이고 명확한 결론을 제시하는 것으로 마무리를 해야 한다. 더불어 스피치는 우선 발음이 정확해야 하고, 음성이 좋아야 하며, 사람의 마음을 움직일 수 있는 화법과 화술이 필요하다.

이처럼 스피치는 넓은 의미에서는 '공중과의 말' 뿐만 아니라 사람이 사람에게 하는 모든 말로써 사람 앞에서 말하고, 사람을 움직이게 하는 소통의 도구다.

스피치와 말을 잘하는 것은 다르다

스피치를 잘한다는 것은 지식을 많이 알고, 아는 것을 떠들어 대는 것이 아니다. 스피치를 잘하는 사람은 인간의 가치에 초점을 두고 효과적으로 말을 하는 방법을 통해 자연스럽게 인간관계를 정립하는 사람이며, 그에 따라 대중연설에 대한 자신감도 갖게 된다. 따라서 말을 잘하는 것과 스피치를 잘하는 것에는 차이가 있다.

무엇보다도 스피치가 가지고 있는 위력은 한 사람의 정신자세와 태도를 변화시켜 각 개인이 부정적인 자세에서 벗어나 긍정적인 태도를 가지고 자긍심과 자신감을 회복하는 내적인 변화를 일으킬 수도 있다는 것이다.

따라서 스피치를 잘한다고 하는 것은 자신이 한 말을 실천하고 나아가 타인을 배려하는 행동까지 하는 것을 뜻한다.

그러기 때문에 진정한 지도자는 가정, 직장 등 어디에서든지 말로써 다른 사람들을 지배하거나 조정하기 위해 힘을 발휘하는 것이 아니라 말이라는 도구를 이용해서 그들이 조용히 생각을 공유하고 그들 자신만이 가지고 있는 고유함의 가치를 발휘하게 함으로써 각 개인이 처한 상황에서 최선의 선택을 할 수 있도록 도와주는 길잡이 역할을 한다.

스피치에 대가는 없다

무엇보다도 스피치 능력을 향상시키는 것은 자기 자신의 몫이며, 지속적인 연습과 훈련을 통해 대중 앞에서 자신이 말하고자 하는 내용을 알기 쉽고 효과적으로 표현함으로써 스피치에 대한 자신감을 가질 수 있다.

스피치에 대한 두려움을 극복하기 위해서는 이 세상에 자신과 같은 사람은 아무도 없다는 것과 자신의 말 한마디가 세상을 변화시킬 수도 있다는 생각을 가지고 연습을 하여야 한다.

자신이 직접 경험한 이야기들을 여러 사람들과 함께 공유하기 위해서 표현력을 향상시키는 연습을 꾸준하게 하면 어느 순간 자신도 모르게 스피치에 자신감이 생겼다는 것을 알 수가 있다.

중요한 것은 자신이 표현력이 미흡하고, 자신의 말이 대중에게 어필되지 않는다고 해서 실망하지 않는 것이며 또한 말을 잘하는 사람들과 자신을 절대 비교하지 않는 것이다.

한 가지 확실한 것은 처음부터 스피치의 대가인 사람은 존재하지 않는다는 것이다. 모든 개인은 각자 주어진 능력이 다르기 때문에 다른 속도로 발전하고, 누가 더 많이 말에 대한 관심을 가지고 노력하느냐에 따라 결과는 다르게 나타난다.

각 개인들은 자신만이 가지고 있는 내면의 울림 속에서 자부심을 가지고 성장해 왔기 때문에 과거의 경험은 장점이 될 수도 있고 단점으로 작용할 수도 있다.

분명한 것은 현재가 중요하다는 것이고, 우리는 다양한 스피치를 통해 배우자와 아이들 그리고 친구들과 함께 더 원활한 의사소통을 할 수 있게 됨으로써 주변사람들의 개인적, 사회적인 삶을 더욱 풍요롭게 만들어 나갈 수 있다는 것이다.

스피치를 잘하게 되면 사회생활의 다양한 영역에서 개인적인 만족감이 깊어지고 자신이 추구하는 모든 삶에 시너지를 발휘하게 될 것이다.

내면 깊숙한 곳에서부터의 진정한 말의 울림이 느껴질 수 있도록 스피치에 관심을 가지고 연습을 한다면 자신에 대한 놀라운 변화로 이 시대를 주도하는 리더가 될 것이다.

스피치를 통해 즐겁고 행복한 시간들을 모든 사람들과 공유하라! 자신의 인생에 행운의 신이 지속적으로 손짓할 수 있도록 하는 힘은 바로 스피치에서 나온다.

말과 글의 중심에 무언가 있다

현대인들은 하루에도 감당할 수 없는 많은 정보와 지식을 각종 방송과 다양한 매체 등을 통해 홍수처럼 접하게 되고, 새로운 것에 대한 강의, 강연 등을 듣고 많은 것을 알게 되는 과정에서 자연스럽게 눈으로 보고, 귀로 듣고 하면서 변화와 발전을 경험하게 된다.

이러한 개인의 변화와 발전의 중심에는 말과 글이 있다. 여기서 말과 글의 차이는 무엇일까?

글은 눈이라는 시각을 통하여 읽고 이해하면서 시간적 여유를 가지고 다시 읽어 볼 수도 있다. 하지만 저명인사나 일반인 등이 매스컴을 통해 하는 방송, 강의, 강연 등은 활자가 아닌 오로지 청각을 통해서 듣고 이해해야 하기 때문에 잘 듣지 못하거나 내용을 이해하지 못하면 녹음을 해서 다시 들을 수밖에 없다. 이것이 말과 글의 차이점이다.

'발 없는 말이 천리를 간다.'는 속담에서 보듯이 남이 알지 못할 것이라고 여기고 우연히 주고받는 작은 소리가 순식간에 퍼지는 것처럼 말이란 우리가 상상하지 못할 정도로 전파능력이 대단한 것이다.

물론 스마트폰의 등장으로 트위터, 페이스북 등 SNS(Social Network Services)를 통한 글의 파급속도가 빠르다고 하지만 아직까지도 말의 속도는 따라가지 못한다.

또한 글은 잘못 쓰면 정정하거나 삭제할 수 있지만 한번 입으로 내뱉은 말은 주워 담을 수가 없다.

말은 눈에 보이지 않아 취소한다고 해서 되는 일이 아니므로 입에서 나오는 순간 살아서 널리 퍼져 나간다. 말은 이처럼 글과 달리 대단한 파급력을 지니고 있다.

글은 읽는 이로 하여금 이성에 호소하나 말은 듣는 이로 하여금 목소리를 통해 감정에 호소하기 때문에 마음에 직접 전달된다.

'말 한마디로 천 냥 빚도 갚는다.'는 속담처럼 성공적인 인간관계를 위해서는 말을 잘 사용해야 하는데 이런 기술이 바로 스피치라고 할 수 있다. 따라서 스피치는 말과 글의 중심에서 그 중요성이 강조될 수밖에 없다.

글과 달리 말은 곧 잊어버리는 속성을 가지고 있어 방금 자신이 한 말도 되돌아 물어보면 무슨 말을 했는지 알지 못하는 경우가 많다. 또한 듣는 사람도 상대방이 방금 무슨 말을 했는지 금방 잊어버린다.

우리의 두뇌는 내가 듣고 싶은 말, 자신에게 꼭 필요한 말만 저장하려고 하는 습관이 있기 때문에 매일 매일 듣는 수많은 말들을 두뇌가 다 수용하지 못하고, 필요 없을 것 같은 말은 버리게 되어 있다. 그러나 잊지 않으려는 의지가 강할 때 오래도록 기억하는 특별한 경우도 있다.

어찌되었든 말은 금방 잊어버리고 주워 담을 수 없기에 우리 주변에는 글로써 수많은 문서가 작성되고 있는 것이기도 하다.

따라서 스피치를 잘하려면 말을 조심해서 해야 하고 자기가 한 말은 책임을 져야 하며 사람의 감정에 직접 전달되므로 듣는 이로 하여금 감정이 상하지 않도록 주의해야 한다.

무엇보다 강의나 강연, 연설 등은 듣고 금방 잊어버리기 쉬우므로 공감과 이해, 설득에 신경을 써서 마음에 와 닿은 스피치 내용을 준비해야 듣는 사람들이 오랫동안 기억할 수 있다.

필요하기 때문에 한다

언어가 존재하지 않았던 원시 시대에도 인간은 손짓, 눈짓, 그림 등을 그려 다양한 방법으로 의사소통을 하였을 것으로 짐작된다. 이는 생존을 위한 수렵생활 속에서 자연스럽게 나타난 행동의 표출이었다.

그러나 생활해오는 과정에서 몸짓 등으로 자신들의 생각을 표현해 내기에는 한계가 있었을 것이며 자연스럽게 동물처럼 소리를 내기 시작한 것이 언어로 발전해 왔을 것이다.

우리 인간이 현재 사용하게 된 최초의 언어는 히브리어로 추정된다. 현재까지 전 세계인의 베스트셀러로 읽히고 있는 성경이 히브리(이스라엘) 민족의 역사이고 구약성경에서 선택받는 민족이 히브리 민족이었던 것을 감안한다면 히브리어가 최초의 언어일 확률이 높다고 볼 수 있다.

이렇게 인간이 언어를 사용하기 시작한 이래로 언어는 소통의 도구로써 항상 사용되고 있으며 직·간접적으로 사회활동 전반의 영역에 많은 영향을 미치고 있다.

이 세상에 존재하는 인간은 각기 사용하는 언어가 다를 뿐 말을 하지 않고 사는 사람은 없다.

언어장애를 가진 사람들 역시 수화를 통해 말하고 있다. 말로 시작해서 말로 끝나는 현대인을 일컬어 '말하는 동물'이라고 해도 과언은 아니다. 하지만 누구나 다 하는 말이기 때문에 쉬운 것 같으면서도 어려운 것이 말이다.

우리는 개인이나 조직사회의 일원으로 여러 단체의 모임이나 회의 등에 참석해서 자의든 타의든 사람들 앞에서 말을 할 기회가 수없이 주어진다.

이때 과연 내가 주어진 자리에서 무엇을, 어떻게 말할 것인가 하는 고민에 빠지게 되는 이유 중 하나는 바로 말이 자신의 성공과 직결되기 때문이다.

예로 중국 당나라 때 관리를 등용하는 네 가지 기준이 '신언서판(身言書判)'이었는데, 여기서도 언(言)이라 하여 사람의 언변을 그 인물의 평가기준으로 삼았다고 하니 말의 중요성은 동서고금을 막론하고 새삼스러운 것이 아니다.

사람을 평가하는 기준이 된다

우리는 사람을 처음 대했을 때 말하는 것을 보고 그 사람의 품격이나 지식, 교양, 인격 정도 등을 예측할 수 있다.

물론 이때의 말은 음성, 표정 등 말하는 것과 듣는 것을 포함한 태도 등으로 관찰하고 평가하게 되지만 아무리 뜻이 깊고 아는 것이 많은 사람이라도 말에 조리가 없고, 말이 분명하지 못했을 경우, 정당한 평가를 받지 못하게 되기 쉽다.

그래서 말 즉 스피치는 사람을 평가하는 척도인 것이다. 미국의 저명한 심리학 교수인 제임스 벤더 박사가 세계를 움직이는 미국에서 성공한 기업인 50인에게 "귀하의 성공 비결 중 가장 중요하다고 생각하는 것은 무엇입니까?" 하고 질의한 결과 50인 모두가 '스피치 능력'이라고 대답했다는 조사결과를 발표했다.

비록 대정치가나 사상가는 아니더라도 교육, 실업, 문화, 예술, 상업 등 어느 분야에 종사하든 스피치는 곧 자신의 능력이고 재산인 것이다.

이제 스피치의 능력을 가진 사람은 국가와 사회발전을 선도하고 개인 간의 우정, 가정의 행복 등 인생의 성공을 이끌어 나갈 수 있는 중요한 능력의 소유자라고 할 수 있다.

이처럼 스피치 능력은 사람과의 관계는 물론, 비즈니스 교섭, 상담, 설득, 지시, 명령 등 사람을 움직이는 무기인 것이다.

다시 말해서 오늘날 현대사회에서 기업경영은 물론 정치나 사회발전 등 사람이 존재하는 곳을 움직이는 힘은 스피치에 있는 것이다.

준비하는 것이 최선이다

사회생활은 사람과의 만남의 연속이다. 우리는 일상 속 개인사의 사소한 일에서부터 큰일에 이르기까지 조직이나 단체의 모임 등을 통해 스피치를 하게 되는 기회가 주어진다.

또한 조직이나 직장은 물론 사회생활 속에서 핵심간부나 저명인사가 되었을 경우에는 스피치를 해달라는 요청을 받게 되는 경우도 종종 있게 된다.

이런 경우에 평소 아무리 말을 잘하는 사람이라도 공식적인 자리에는 반드시 스피치에 대한 준비를 철저히 해가지고 나가야 한다. 이는 듣는 청중에 대한 기본적인 예의이다.

그렇다면 어떻게 준비를 해야 할까? 첫째, 그 조직이나 단체 행사의 목적이나 성격이 무엇인가를 파악해야 한다. 예를 들면 자리를 빛내기 위한 축사인지, 누군가를 맞이하는 환영사인지 아니면 세미나나 강의형식의 스피치인지 등을 알아서 말하고자 하는 스피치의 목적을 정하는 것이 가장 중요하다.

둘째, 자료를 수집한다. 스피치 목적과 성격을 파악했으면 자신이 알고 있는 지식과 경험을 바탕으로 신문이나 방송, 관련 서적 또는 주변에서 듣고 본 이야기 등을 통해 될 수 있는 대로 많은 자료를 수집하여 메모해 나간다. 그리고 자료를 수집하고 메모하면서 떠오르는 모든 생각들을 다시 정리해 둔다.

셋째, 이야기하고자 하는 기본 틀을 정한다. 이를 '아우트라인'이라고도 하는데 일반적으로 과거(역사적 배경), 현재(지금의 당면한 현상), 미래(장래의 전망)를 토대로 잘못된 상황의 지적, 해결점 모색, 해결을 위해 함께 행동하고자 하는 호소 등을 생각하면서 기본 골격에 따라 스피치 원고를 작성해 나간다.

넷째, 스피커의 첫마디는 스피치를 하는데 있어 성공의 절반을 차지하기 때문에 처음 시작하는 한마디를 어떻게 풀어낼 것인가를 생각해야 한다. 청중들은 스피커의 첫마디를 듣고 '지금 무슨 말을 하려고 하는 거지? 뭔가 들을 만한 가치가 있구나!' 하는 생각을 하면서 들을 준비를 하기 때문이다.

다섯째, 첫마디만큼이나 마무리 역시 매우 중요하다. 그러므로 끝맺음 시에는 그동안 이야기한 것 중에서 중요한 대목이나 꼭 기억해야만 할 것들을 재차 강조하거나, 이야기의 내용에 적합한 명언이나 명구 또는 시나 문학작품의 한 구절을 인용해 듣는 이들의 마음에 여운을 남기며 끝낸다.

여기서 하나 더 중요한 것은 준비된 모든 원고들은 절대로 외워서는 안 된다. 감동을 주는 대다수의 스피치는 머리가 좋아서 외워 하는 것이 아니라 친구에게 말하듯 자연스럽게 이야기하는 것이다. 다만 중요한 부분은 알기 쉽게 체크해놓거나 밑줄을 그어두었다가 활용하게 되면 유익하다.

너무 잘 하려고 할 필요가 없다

누구나 처음 청중 앞에서 말을 할 때는 두렵기 마련인데 그 이유는 간단하다. 내가 말을 할 때 그들이 나의 말에 관심을 기울여 줄까 혹은 실수로 헛소리를 해서 망신을 당하지는 않을까 하는 생각 때문이다.

청중들에게 훌륭한 스피커로 평가받고 싶다면 자신이 스피치를 하고 있다는 것을 의식하지 않은 것이 좋다.

훌륭한 스피치란 잘 닦여진 거울과 같은 모습을 하고 있다. 사람들은 먼지가 묻은 거울은 관심을 갖고 들여다보지만 잘 닦여진 거울은 아무런 주의를 기울이지 않는다.

마찬가지로 멋진 스피치를 하고자 한다면 자신도 청중도 연설을 듣고 있다고 느끼지 않을 만큼 자연스럽게 해야 한다.

자신이 청중에게 연설하고 있다고 생각할 때 마음에 부담이 생기게 되고 어려워진다. 청중 앞에서 음성이 좋고, 발음도 정확하고, 제스처도 멋있고, 지성적으로 표현해야 하는 등 여러 가지 생각을 하기 때문에 억양은 물론 말하는 것조차 자연스럽지 않게 꾸미게 되면서 딱딱해지고 스피치는 엉망이 되어 버린다.

훌륭한 스피치는 자신이 잘 모르는 것을 말하는 것이 아니라 자신이 가장 잘 아는 이야기나 자신의 경험과 지식 등을 진실되게 이야기하는 것이며 자신의 음성으로 자신만의 스타일로 말하는 것이다.

따라서 멋진 스피치란 청중 누구도 거부감 없이 들을 수 있도록 자연스럽게 이야기하는 것으로, 무거운 짐을 내려놓고 자기의 생각, 관심과 경험들을 통해 잘 알고 있는 것을 열정을 갖고 성실함을 담아 말하는 것이다.

자신의 이야기를 하는 것만으로도 말하는 사람과 듣는 사람 모두가 거부감 없이 자연스러워지고 멋진 스피치가 될 터이니 너무 잘하려고 애쓸 필요가 없는 것이다.

자신감을 가져야 한다

보통의 사람들은 스피치 요청을 받으면 마지못해 나와서 계면쩍은 표정으로 "말할 준비가 되어있지 않아서", "별로 할 말이 없는 제가", "뭐 별로 드릴 말씀은 없지만" 등의 서두를 꺼내면서 주저하는 것을 흔히 볼 수가 있다.

물론, 사람들 앞에서 스피치를 해본 경험도 없을 뿐더러 자신이 없기 때문에 그런 말을 하는 것은 충분히 이해가 가는 일이다. 하지만 이것은 스피치를 해보고 안 해보고의 문제가 아니라 자신의 말에 대한 자신감의 문제다.

그러므로 언제, 어느 곳이든, 또 누구 앞이든 스피치를 성공적으로 이끌기 위해서는 비록 자신감이 없더라도 자신감이 있는 것처럼 행동하라는 것이다.

인류의 역사가 변화해오는 과정에서 정치, 경제, 사회, 문화 등 모든 분야에서 성공한 사람들의 면면을 보면, 그들이 난관에 봉착했을 때 그 어려움을 극복했던 최고의 방법은 의도적으로 자신감이 있는 것처럼 보이게 행동했다는 것이다.

자신감 있는 사람으로 보이기 위해서는 용기 있는 사람처럼 행동하면 된다. 용기를 내어 내면에 잠재해 있는 의지의 힘을 과감히 드러내게 되면 말하는 두려움과 공포감은 사라지고 여러 사람 앞에서 열정을 갖고 말을 하게 됨으로써 자신감을 가질 수 있다.

자신감이야 말로 자신 스스로가 말할 자격이 있다는 확신을 심어주고 이때 성공적인 스피치는 만들어진다.

말 잘하는 것도 능력이다

사람마다 각기 가지고 있는 재능이 달라서 원래부터 언어를 구사하는 능력이 남달리 뛰어난 사람도 있다. 하지만 일상적인 대화에서는 아무런 문제가 없는 사람들도 많은 사람들 앞에서는 대부분 어려움과 낭패감을 느낀다.

그래서 말을 잘하는 사람들을 보면 부러움과 질투심을 느끼고 나도 저 사람처럼 말을 잘할 수는 없을까 하고 스피치학원을 다니거나 아니면 이와 관련한 여러 종류의 책을 읽기도 한다.

학원을 다니고 책을 보면서 실천을 해보지만 생각과는 달리 종전과 똑같은 자신의 모습을 보면서 실망감을 갖게 되고 자신은 선천적으로 말을 잘 못하는 사람인가 하는 생각으로 말을 잘하려는 노력을 포기하고 만다.

물론 어려서부터 말에 대한 충분한 교육과 훈련을 받았다면 장소나 사람 수에 관계없이 말을 하는 데 어려움을 겪지 않는다.

하지만 이런 사람들은 극소수에 불과하고 청중 앞에서 강연을 하거나 연설을 잘하는 사람들은 말을 잘하기 위해 평소 관심을 가지고 노력해온 사람들이다.

처음부터 말을 잘하는 사람은 없으므로 부러워할 필요는 없다. 스피치를 잘하는 데 왕도가 따로 있는 것은 아니다.

너무 조급하게 마음을 먹지 말고 스피치를 잘하기 위한 기본원칙을 적용하면서 자신 스스로가 말에 대한 관심을 가지고 꾸준하게 노력하면 된다.

기본원칙을 알고 한다

무슨 일이든 시작을 하기 전에 준비하는 과정에서도 반드시 지켜야할 기본 원칙들이 있다. 다소 일에 대한 진행속도가 더디더라도 원칙을 지켜서 행동한 사람과 그렇지 않은 사람의 차이는 결과에서 확연하게 나타난다. 스피치를 잘하기 위한 기본 원칙은 다음과 같다.

첫째, 스피치 공포를 두려워해서는 안 된다. 사적인 자리나 모임 등에서는 스피치를 하는 데 아무런 문제가 없는 사람도 공식적인 스피치 석상에 서면 가슴이 마구 뛰고 다리가 떨려서 할 말을 잊어버리는 수가 있다. 이런 현상을 '무대공포증' 또는 '청중공포증'이라고 하며, 일반적으로는 '스피치 공포'라고 한다.

스피치학과가 있는 외국 대학에서 스피치학을 이수한 학생들의 80~90%가 연단공포로 고민하고 있고 연설이나 강연의 전문가 또는 잘나가는 명강사들도 연단에 서면 공포가 완전히 사라지는 것은 아니라고 한다.

이처럼 전문가도 나름대로 연단공포증이 있다고 하니 스피치 교육을 체계적으로 받지 못한 일반인들에게는 오히려 당연한 일일 것이다.

이러한 현상은 인간이 익숙하지 못한 환경에 적응하는 과정에서 자연스럽게 생기는 긴장감과 이를 헤쳐 나가려고 하는 욕구 때문이다. 오히려 이러한 생리적 현상 때문에 우리는 두뇌를 평소보다 더 신속하게 회전시켜서 결과적으로 더 잘 이야기하고 열정적으로 말할 수 있게 된다.

따라서 청중 앞에서의 스피치 공포는 자연스러운 것이며, 이때 심장의 고동이 빨라지고 숨결이 거칠어진다고 해서 걱정할 필요는 없다.

둘째, 완벽한 스피치를 욕심내서는 안 된다. 너무 완벽한 스피치를 하려고 욕심을 내면 십중팔구 그 스피치는 실패하고 만다. 세상에 완벽한 인간이 없듯이 완벽한 스피치는 없다. 한 인간이 갖고 있는 능력이나 지식이 모든 면에 있어서 완전한 것이 아니기 때문이다. 그러므로 완벽한 스피치를 해야 한다는 욕심을 버리고 자기의 지식과 경험을 바탕으로 자신 있게 할 수 있는 이야기들을 철저히 준비하여, 최선을 다해 열정적으로 말하는 것만이 훌륭한 스피치를 연출할 수 있는 유일한 길이다.

셋째, 스피치 원고를 외우지 말아야 한다. 통상 사람들은 성공적인 연설을 위해서는 원고를 통째로 암기하는 것이 가장 좋은 방법이라고 생각한다. 그러나 그것은 크게 잘못된 생각이다. 많은 청중 앞에서 미리 예상한 것과 전혀 다른 상황이 펼쳐지면 십중팔구 암기한 것을 잊어버리고 갑자기 막혀버리기 십상이다. 그러니 준비를 잘

하고 싶다면 암기하는 대신 말하려는 것에 대해 충분히 생각해 두고, 그 생각이 영글고 정착이 되면 간단히 몇 마디로 적어 두라. 나중에 이 메모를 보기만 해도 전에 생각해 둔 것이 실타래처럼 흘러나오도록 평소에 생각을 정리하고 질서 있게 배열해 두어야 한다.

다시 한 번 강조하자면 스피치를 하는 도중에 무슨 말을 어떻게 해야 할지 몰라 낭패를 보게 될까 두려워 미리 원고를 외웠다가 오히려 스피치를 실패하는 어리석음을 범해서는 안 된다. 이런 기본적인 세 가지 원칙을 알고 청중 앞에 선다면 스스로 멋진 스피치를 할 수 있을 것이다.

주제를 잘 선택하라

스피치를 잘하는 것이 그냥 말만 잘하면 되는 것으로 아는 사람들이 많지만 스피치를 잘하기 위해서 적용해야 할 기술들이 있고, 그 중 하나가 주제 선택이다.

스피치를 할 때는 그에 맞는 목적이 있어야 하고, 목적이 있어야 거기에 맞는 이야기와 내용을 준비할 수 있다. 그리고 그 이야기의 뼈대이자 중심사상, 즉 주제를 잘 선택해야 한다.

주제의 선택은 마치 여행의 목적지를 정하는 것과 같아서 여행지를 어디로 정하느냐에 따라 즐거운 여행이 될 수도, 피곤한 여행이 될 수도 있는 것처럼 스피치의 주제 선택이 스피치의 실패를 좌우할 수 있다.

주제를 선택할 때 꼭 염두에 두어야 할 것은 시대에 맞는 이야기, 새로운 이야기를 주제로 정하는 것이 좋다는 것이다.

그 이유는 누구나 다 아는 이야기 또는 현실과 동 떨어지거나 시대에 맞지 않으면서 애매모호한 이야기는 사람들이 잘 들으려고 하지 않기 때문이다. 사람들은 이야기를 통해서 새로운 정보와 지식을 얻으려 하고 어떤 식으로든 삶에 도움이 되고 유익이 될 만한 것을 찾기 마련인 것이다.

더불어 주제를 선택할 때 긍정, 창조, 발전, 희망, 꿈, 행복 등 에너지를 불러일으키는 주제를 선택하여 하나의 중심 사상을 따라 이야기의 줄거리를 잡아나가면 사람들의 마음을 사로잡을 수 있을 것이다.

이와 같이 주제를 잘 선택하고 자연스럽게 우러나오는 태도와 표정으로 진정성을 가지고 적극적으로 말하는 스피치 기술을 잘 활용하면 성공적인 스피치를 할 수 있다.

신뢰감을 줘라

사업 성공의 제일 조건이 신용인 것처럼 스피치에서도 마찬가지로 말하는 사람은 듣는 사람에게 신뢰감을 주어야 한다. 신뢰감은 유식하게 말하거나 권위 있게 말하는 데서 나오는 것은 결코 아니다. 말은 입으로 하는 것이지만 전달은 음성과 표정과 태도로써 이루어지기 때문이다. 보디랭귀지라는 말은 신체 언어를 뜻하는 것으로서 입에서 나오는 소리 이상으로 태도와 표정이 그의 의사를 전달하는 데에 아주 중요한 몫을 한다.

결국 말하는 태도와 표정에서 신뢰감이 나온다. 이런 신뢰감은 그냥 얻어지는 것이 아니라 많은 노력과 훈련이 필요하다. 올바른 사고방식, 진실한 생활 태도가 습관화될 때 상대에게 신뢰감을 줄 수 있다. 평소 올바른 생각을 가지고 좋은 생각을 정확히 전달하려고 하는 노력이 반복되면서 자연스럽게 나타난다.

아무리 좋은 주장이나 의견도 그것이 주관적이어서 잘 이해가 되지 않으면 스피치에서 신뢰감을 주기가 어렵다. 그러므로 듣는 사람이 누구나 납득하고 이해할 수 있도록 그 이야기에 맞는 실례를 들어가며 말해야 한다.

실례는 신문기사나 통계자료 또는 역사적 사건이나 그 분야 전문가의 저서나 말을 인용해도 좋다. 그러나 가장 좋은 방법은 자기의 경험이나 자기 주위에서 일어났던 일을 예로 들면 사람들이 더욱 관심을 갖게 된다.

너무 겸손하게 또는 변명투로 말하지 말고, 적극적으로 말해야 한다. 짧은 시간의 스피치를 위하여 여러 날 동안 많은 자료를 수집·정리하여 철저한 준비를 하였지만 그것을 연출하는 데 실패한다면 여태까지의 수고가 모두 허사로 돌아간다. 그러므로 말하는 사람이 적극적으로 말함으로써 청중을 장악할 수 있도록 최선을 다해야 한다.

또한 청중에게서 시선을 떼지 말고 활기에 찬 목소리로 생기 있게 말해야 한다. 친구에게 말하듯 자연스럽게 말하는 것이 가장 좋다고 하지만 여러 사람을 상대로 하는 스피치는 자연스러움과 열정을 가지고 감정을 더해야 힘이 있어 보인다. 그렇다고 무조건 큰 소리로 말할 것은 아니고 최대한 타고난 음성을 살려서 적극적으로 성실히 임하는 것만이 청중의 마음을 파고드는 스피치의 비법인 것이다.

명 스피커가 될 필요는 없다

'다이아몬드 밭'이라는 제목으로 약 6,000회의 강연을 한 연설가이며, 미국 템플대학교 초대 총장을 지낸 콘웰 박사는 "기회는 모든 사람의 주변에 잠재하고 있으며, 사람의 잠재능력은 무한하다."고 말했다.

1800년도 후반, 전 세계를 휩쓴 경제 대공황 때 많은 미국인들은 콘웰 박사의 강연을 듣고 용기를 얻었고, 어려움을 극복해 냈다고 한다. 그가 수많은 강연을 했으면서도 연설의 원고가 남아있지 않은 것은 강연 때마다 그 내용이 조금씩 달랐기 때문이라고 한다.

같은 테마를 가지고 6,000번 이상 강연을 하였지만 인간의 심리에 대한 통찰력과 스피치에 대한 꾸준한 노력으로 똑같은 연설을 한 번도 한 적이 없었다는 것은 바로 명 스피커의 비결인 것이다.

우리 모두가 콘웰 박사처럼 명 스피커가 될 필요는 없다. 단지 상대방과의 의사소통에 장해가 될 수 있는 말에 대한 자신만의 편견과 선입견을 배제시키기 위해서 어떻게 해야 하는지에 관심을 가지고 지속적으로 노력하면 된다.

효과적인 의사전달능력을 위해 지속적으로 스피치를 강화시키는 행동을 실천함으로써 상대가 누구든 자신의 의견이 잘 전달될 수 있도록 하는데 초점을 맞추면 된다. 여기에는 상대방의 이야기를 정성껏 들어주는 수용의 자세가 반드시 필요하다.

청중의 유형을 파악하라

스피치는 자기가 하고 싶은 말을 하는 것이 아니다. 먼저 청중이 듣고 싶어 하는 말을 통해서 자기의 뜻을 자연스럽게 전달할 수 있어야 한다. 그러기 위해서는 먼저, 자신의 이야기를 듣고자 하는 청중들이 어떤 유형의 사람들로 이루어져 있는가를 분석해야 한다.

청중의 성별, 연령, 수준에 따라서 그들의 관심을 불러일으킬 수 있도록 이야기를 전개해 나가야 한다. 가령 남성과 여성의 비율은 어느 정도인지에 따라 여성이 많은 모임에서는 거칠고 격한 음성으로 크게 말하기 보다는 부드럽고 잔잔한 톤으로 말하는 것이 좋다.

남성의 수가 많고 여성의 수가 적더라도 여성에 대한 관심과 배려를 하면서 이야기하는 것을 고려해야 한다.

젊은이와 노인이 함께 한 자리라면 먼저 젊은이들이 관심을 가질 만한 이야기부터 하고 나서 노인들에 대한 이야기를 하고, 다시 젊은이들을 위한 이야기로 끝을 맺는 것이 효과적이다.

사람이 많으면 군중 심리를 생각하여 크게 말하고 감정에 호소하며 말해야 하고, 사람이 적을 때는 적당한 음성으로 이성에 호소하며 이해와 공감을 얻어야 한다.

청중의 수준이 서로 다른 경우에는 낮은 수준의 사람들이 이해할 수 있도록 말해야 하지만 그 내용의 수준까지 낮추어서는 안 된다.

이외에도 욕구, 경험, 직업, 종교 등 수많은 종류의 집단이 있다는 것을 염두에 두고 미리 분석해 두는 것이 스피치에 크게 도움이 된다.

청중은 자신들의 것, 자신들의 이해관계, 즉 자신들의 문제와 직·간접적으로 연관된 것들에 흥미를 갖기 때문에 청중이 관심을 가질만한 화제를 넣는 것이 좋다. 청중은 자신들과 관계가 없거나 추상적이고 일방적인 이야기나 현실에 맞지 않은 이야기를 할 때에는 금방 고개를 돌린다.

우리 자신이 생각하는 것처럼 청중은 무조건 스피커에게 호의를 갖고 있는 것이 아니므로 청중에 맞춰 진심이 담긴 말을 성의 있게 해야 한다.

공통점에 주목하라

청중은 스피커가 자신들과 공통점이 있다고 생각할 때 마음을 열고 이야기를 받아들인다. 그러므로 스피커와 청중이 전혀 별개의 입장이 아니고 공통점을 갖고 있다는 것을 보여주어야 한다. 가령 일, 직업, 생활환경 등이 같다든가, 고향이나 처갓집이 근처라든가, 좋아하는 음식이 비슷하다든가 어떤 경우라도 작은 끈을 연결하여 청중의 호감을 살 수 있도록 한다.

특히 청중이 자신의 이야기를 들으면서 나를 교육시키고 있구나 하는 생각이 들지 않도록 주의해야 한다. 청중은 스피커가 우리를 무시하지는 않는지, 교만하지는 않는지, 정말 우리를 위해서 말하려고 하는 것인지, 정직하고 성의가 있는지 등을 예의 주시하며 듣는다.

멋진 스피치를 위해서는 청중 속에 있어야 하나 청중을 지나치게 믿거나 무시해서는 안 된다. 다만 스피치를 잘해야겠다는 자기 확신과 끊임없는 노력만이 명 스피커의 길임을 명심해야 한다.

제2부

스피치를 잘하기 위한 테크닉

자신을 멋지게 소개하라

우리는 사회생활을 통해 처음 누군가를 만날 때, 설렘도 있지만 긴장감으로 떨리는 것을 경험해 본 적이 있다. 누구나 처음 만나는 사람들 앞에서는 조금은 썰렁한 분위기 속에서 왠지 모를 불안함에 떨게 되지만 모든 소통의 시작은 낯선 사람과 낯선 장소에서의 자기소개로부터 시작된다.

남들 앞에서 자신을 소개한다고 하는 것은 사람을 사귀는 데 효과적인 방법으로써 '난 당신과 교제하기를 원합니다.'라는 뜻이 담겨져 있다. 자연스럽게 얼굴과 이름을 기억하게 되어 다음에 만났을 때에도 상대방의 이름을 정확하게 불러줄 수가 있으며, 또한 그 사람에 대한 정보를 알게 되고 동시에 개성을 파악할 수도 있다. 이렇게 함으로써 자연스런 소통이 가능해지며 만약 취미나 특기 등 공통의 관심사가 있다면 더욱 친근감을 느낄 수 있으며 쉽게 교제할 수 있게 된다.

그리고 어떤 생각을 하며 사는 사람인지를 알게 되어 서로 간에 이해의 폭이 넓어지게 되는데, 이때 자기 자신을 멋지게 소개하는 방법을 알고 있으면 자신감이 생겨서 어떤 자리에서도 어색해 하거나 당황하지 않게 된다.

이와 같이 자신을 멋지게 소개하는 방법을 아는 것만으로도 좋은 분들과 좋은 관계를 시작할 수가 있다. 멋지게 자기를 소개하고 싶다면 먼저 자신의 이름을 말하고, 다음은 자신에 대한 한두 가지 장점에 대하여 말을 한 후, 마지막으로는 왜 자신이 지금 이 자리에 있는지에 대하여 말을 하면 된다.

자신을 소개하는 과정에서 상대방에게 어필할 수 있는 순간은 자신에 대한 한두 가지 장점을 말하게 될 때이다. 이때에는 자신의 가족 구성원에 대한 것들 또는 삶의 지표가 되는 명언, 좋아하는 사물 등을 말하면 사람들이 쉽게 기억하는 데 도움이 된다.

중요한 것은 이 방법을 통해 자신을 소개할 때에 가능한 1분을 넘어서는 안 된다는 것이다. 그 이유는 사람들이 대개 첫 인상에서 그 사람을 자기 나름대로 판단하게 되는 시간이 약 3초에 불과하기 때문이다. 악수를 하거나 아니면 눈인사를 나눌 때 이미 '이 사람은 이런 사람일 것이야.'라고 마음으로 추측을 하고, 보통 30초 안에 서로간의 인사를 매듭짓기 때문에 주절주절 자신을 설명하다 1분이 초과 되면 잘난 체한다거나 말 많은 사람으로 오해를 받을 수도 있기 때문이다.

따라서 1분 안에 효과적으로 자신을 소개하는 것은 사람들에게 깊은 인상을 주게 된다.

긴장감을 즐겨라

우리는 일상적으로 만나는 친구나 지인들과의 비공식적인 대화는 쉽고 재미있게 하면서도 공식적인 행사에서나 또는 많은 사람들 앞에 서면 긴장해서 제대로 말을 못하게 된다. 연단에 서서 말한다는 생각만으로도 긴장감 때문에 공포에 질려 버리는 것을 우리는 흔히 경험하고 주변에서 많이 보았다. 지속적으로 긴장과 불안 속에 있는 사람은 불면증과 식욕부진 또는 체중감소 등의 현상을 겪기도 한다. 대중연설을 위해 연단에 서서 많은 경험을 해본 대중연설가나 상업적으로 활동하는 무대 공연가도 이러한 긴장감으로 계속해서 고통을 받는다.

다만 그들은 말하는 데 도움이 되는 긴장감을 조절하는 법을 알고 있다. 대부분의 초조감 또는 무대공포증은 우리 내면의 생각들을 외부로 전달하고자 할 때 경험하게 되는 단순한 에너지의 과대상태에 불과한 것이기 때문에 약간의 두려움과 긴장감 등은 스피치를 하는데 있어 장점이 될 수도 있다.

이러한 긴장감의 에너지를 자신만의 유익한 에너지로 손쉽게 바꾸기 위해서는 주어진 순간순간의 자리에서 일어나는 긴장감을 받아들이고 즐기기만 하면 된다. 지금 내가 긴장하고 있다는 사실을 아는 사람은 아무도 없기 때문이다. 자신만 그렇게 느끼고 있을 뿐이다.

긴장감을 해소하는 한 방법으로 많은 사람들 앞에서 자신이 전달하고자 하는 메시지가 무엇인지 말하기 전에 대중과의 공감대 형성을 위한 말이 필요한데, 이를 워밍업이라고 한다. 운동선수가 최상의 컨디션을 내기 위해 경기 전 몸을 푸는 것과 같은데 스피치 역시 사전에 스피치에 대한 워밍업을 함으로서 몸을 유연하게 하고 긴장을 해소할 수 있다.

★ 명 연설가들이 말하는 무대공포증

"청중 앞에서 연설을 시작할 때 얼굴이 떨리고, 사지가 떨리고, 온 영혼이 떨린다." — 키케로

"연설하기 전에는 9인치짜리 얼음이 명치 위에 올려져 있는 느낌이다." — 처칠

"가장 친한 친구를 강연장 한 가운데 앉혀놓고, 그 친구만 쳐다보면서 연설했다." — 로렌스 올리비에

"젊은 시절 무대공포증으로 고통을 당했다." — 간디와 루스벨트

두려움을 극복하라

스피커가 청중 앞에서 두려움을 줄이기 위해서는 무엇보다도 자신감이 중요하다. 이러한 자신감은 자신이 말하고자 하는 내용에 담을 만한 지식에 대해 철저히 알고 있을 때 가질 수 있다.

청중에게 전달하고자 하는 주요 사안들에 대해 심사숙고하고 자료들을 충분히 검토하면서 시간적 여유를 가질 때 상상력은 살아나고, 두려움은 내면에서 흥분의 불꽃으로 바뀌며, 긍정의 에너지가 분출된다.

말하고자 하는 내용의 토대가 되는 자료를 모으고 이야기를 준비하는 동안 연단에 서서 마주치게 될 청중을 기억하고, 그들은 나에게 무엇을 기대하는지, 이런 기대감에 부응하기 위해서 나는 그들에게 말하고 싶은 것을 어떻게 쉽고 간결하면서도 진실되게 전달할 수 있을 것인지 스스로에게 질문해야 한다.

이 과정에서 말하고 싶은 것을 제대로 표현할 수 없을까 봐 혹은 말하고 싶은 방법으로 말할 수 없을까 봐 두려움을 느낄 수도 있다. 이러한 두려움을 이겨내지 못하면 스피치에 대한 더 큰 두려움으로 청중 앞에 서는 것을 아예 포기하게 될 수도 있다.

두려움 때문에 말하고자 하는 내용이 순간적으로 머릿속에서 하얀 백지가 되어 멍한 상태가 되거나 일순간 몸이 뻣뻣하게 굳을 수도 있다. 이러한 경우에는 자신이 지금 느끼고 있는 것과의 접촉을 잠시 멈추고, 몇 번의 깊은 숨을 쉬어야 한다. 말하기 전에 깊은 숨을 쉬고, 몇 초간의 시간을 가지게 되면 근육이 이완되고 다시 두려움을 조절할 수 있게 된다. 청중 앞에서의 두려움은 지극히 정상적인 반응이며 스피치는 단지 일상의 대화에서 좀 더 확대된 대화라고 생각하면 편하게 말할 수 있게 된다.

결국 스피커가 사전에 과제를 준비하고 자료에 대해 심사숙고하면서 청중들과 이야기하고 있는 것처럼 준비해 말하고자 하는 내용에 상상력의 불을 붙일 때, 두려움은 청중을 집중시키는 에너지로 바뀌게 될 것이다. 또한 두려움을 극복하고 자신감을 만들어내는 것은, 충분한 연습을 통해 얻게 되는 성공적인 스피치의 반복이기에 잘할 수 있다는 소망을 갖고 일대일 상황에서의 연습을 꾸준히 해야 할 것이다.

"한 번 할 수 있으면 두 번 할 수 있고, 두 번 할 수 있으면 그것을 습관으로 만들 수 있다."는 격언처럼 스피치에 대해 지속적으로 관심을 가지고 두려움을 극복하기 위한 노력을 해야 한다.

낭독을 일상화하라

우리는 때로 청중 앞에서 멋지게 시낭송을 하거나 감정을 이입해서 글을 낭독하는 사람들을 보면 부러움과 함께 나도 저렇게 할 수 있으면 얼마나 좋을까 하는 생각을 갖게 된다.

글을 보고 읽는 것은 누구나 할 수 있지만, 모두 효과적으로 읽었다고는 할 수가 없다. 자신이 당선자로서 정책공약서를 만들거나 회사에서 업무추진 보고서를 만든 경우, 또는 다중이 모인 종교집회의 장소 등에서 낭독을 하는 경우 등 보고 읽는 것이 허용되는 경우도 있다. 특히 시간제한이 엄격하게 요구되는 라디오 방송 등에서는 적혀 있는 대본은 필수적이다.

이때 청중은 책을 읽는 방식으로 하는 방송이나 보고 또는 연설에는 좀처럼 흥미를 느끼지 않을 뿐더러 열정적인 반응을 보이지 않는다. 스피치 경험이 많지 않은 사람의 연설은 책을 읽는 것처럼 들리기 쉽고, 청중을 지루하게 만들 수도 있다.

이처럼 대본을 보고 많은 사람들 앞에서 큰소리로 읽으면서 그 내용을 완벽하게 소화하기란 그리 쉬운 일은 아니다. 언제까지 부러워만 할 것인가? 당신도 낭독을 일상화한다면 멋진 스피치로 많은 사람들에게 감동을 줄 수가 있다.

낭독에도 기법이 있다

스피치를 배우지 않은 사람이라도 모임이나 예기치 못한 장소에서 글을 낭독해야 할 경우가 생기게 된다. 이때 당황하거나 조급한 마음에 자신의 낭독으로 청중을 흥분시키려 하거나 과도한 몸동작을 하게 되면 낭패를 보게 되므로 주의해야 한다.

낭독이 자신이 의도하는 대로 되지 않았다고 해서 낙담할 필요는 없다. 무슨 일이든 처음부터 잘할 수는 없기 때문이다. 낭독 역시 평소 관심을 가지고 지속적인 연습이 필요하며, 이런 연습과정 속에서 효과적으로 낭독할 수 있는 기술을 알고 있다면 청중들에게 큰 감동을 줄 것이다.

스피치는 단순히 말을 잘하는 것을 넘어, 공감을 통해 청중의 호응을 이끌어내야 하므로 낭독은 스피치에 있어 중요한 기초가 된다. 낭독에는, 정해진 대본이나 책을 단순하게 읽는 것과는 달리, 효과적인 의사전달을 위한 나름의 기법이 존재한다.

낭독 기법을 사용해 연습하고자 할 때에는 먼저, 가장 마음에 와 닿는 글, 열정을 담아 확신에 찬 목소리로 낭독할 수 있는 글을 선택해야 한다. 낭독에서는 얼마나 많이 읽는가가 아니라 얼마나 잘 읽는가가 중요하다.

일단 자신이 좋아하는 글을 선택했다면 큰소리로 거울 앞에서 연습하고, 가능하다면 가족들이나 친구 앞에서 낭독을 하면서 때로는 녹음기를 이용해서 자신만의 목소리를 만들어 내는 것도 권장한다.

이러한 다양한 방법 중 자신의 환경에 맞는 한 가지 혹은 모든 것을 통해 낭독연습을 하게 되면 자신도 모르는 사이 어느 순간 스피치가 향상되어 있음을 알게 된다.

★ TIP

1. 어느 장소에서든 청중들을 전체적으로 바라볼 수 있는 자리가 있게 마련인데 이때 낭독자는 편안한 자세로 양발을 살짝 벌리고, 각도를 최대한 자연스럽게 하되 원고나 대본은 어깨높이로 들고, 30에서 40센티미터 정도 몸에서 떼는 것이 좋다.
2. 보통 일상사에 책을 읽거나 말하는 것보다 더 천천히 그리고 크게 읽어야 한다.
3. 낭독 시 청중들을 눈높이에서 바라보고 때때로 청중 전체를 둘러보면서 몇 사람에게 1~2초 간 눈을 맞춘다.
4. 사전에 대본을 주의 깊게 읽어보고, 강조할 곳, 쉴 곳, 반복이 필요한 곳, 또는 제스처를 사용할 곳을 표시해둔다. 낭독 중 잘못된 발음이나 문맥의 오류가 발생해도 사과의 말을 할 필요는 없다.
5. 제스처는 자유로운 손을 사용하고, 강연대가 있다면 양손을 사용하는 것

이 더 효과적이다. 이때 주의할 것은 강연 대에 손을 올려놓거나 손장난을 하는 것은 피해야 한다.

6. 다양한 속도로 읽되 때로는 극적인 효과를 위해 잠시 멈추고, 강조하고 싶은 단어는 반복한다.
7. 정확한 발음과 분노, 유머 또는 슬픔 등의 어감을 사용하고, 가끔은 움직이되 불필요한 행동을 해서는 안 된다.
8. 낭독 도중 한 부분을 놓쳤어도 침착하게 잠시 멈춘 후 대본을 전체적으로 쭉 훑어보면서 읽을 곳이 어디인지 확인한 다음 낭독을 계속한다.

정확한 발음을 사용하라

주변에 이야기를 잘하는 사람들 중에서도 부정확한 발음으로 말하는 사람들이 있다. 때로는 흥미롭고 재미가 있지만 무슨 말인지 알아들을 수 없는 발음 때문에 어느 순간 난감해질 때가 있는데, 유능한 스피커는 모든 발음을 정확하게 말하는 습관을 가지고 있어야 한다.

이처럼 스피치에 있어서 정확한 발음은 청중들의 이해도를 높이는 데 중요한 역할을 하므로 모든 소리가 분명하게 들리도록 정확하게 발음해야 한다. 또한 발음의 정확성이 향상되면 힘이 적게 들고, 숨을 줄일 수 있어 에너지도 축적할 수 있게 되고, 더 편하게 오랫동안 말할 수 있을 것이다. 처음에는 다소 어색함을 느끼겠지만 단어를 분명하게 발음하게 되면 청중은 분명한 전달에 감사와 함께 유쾌함을 느낄 것이다.

정확한 발음을 위해 권장하는 연습으로는, 가능하다면 녹음을 하면서 거울 앞에서 낭독을 하고, 모든 발음을 정확하게 낼 수 있도록 혀, 입술, 턱을 활발하게 움직이되 과장되게 턱과 얼굴을 움직이면서 약 2분 동안 말하는 것이 있다. 안면근육을 움직이면서, 말을 할 때

가능한 모든 표정을 짓게 되면 이러한 동작들은 저절로 안면근육을 부드럽게 만들어주면서 정확한 발음을 내는 데 도움이 된다.

★ TIP

- 유능한 스피커는 모든 발음을 분명하고 정확하게 말하는 습관을 가지고 있으며 이는 스피커가 하는 말을 청중들이 이해하는 데 큰 영향을 미친다. 단어를 분명하게 발음하는 것이 처음에는 다소 어색할 수 있으나 듣는 사람의 입장에서는 유쾌하고 명쾌하여 감사하게 될 것이다.
- 정확하고 분명한 발음을 위해서, 말을 할 때에는 이를 부딪치지 말고, 입을 내밀지 말아야 한다. 그리고 입술과 턱을 활발하게 움직이는 연습을 해야 한다. 이런 연습을 통해 발음의 정확성이 향상되면 힘이 적게 들고, 에너지를 축적할 수 있게 되며, 숨을 줄일 수 있어 오랫동안, 편안하게 이야기할 수 있다.

시각적 도구를 이용하라

어떤 이야기를 청중 앞에서 두려움 없이 할 수 있도록 만들어 주는 도구 중 하나는 바로 실물이다. 실물은 스피치에 있어 보여주고 말하는 것이다. 흥미로운 실물을 가지고 이야기를 하게 되면 청중의 관심을 끌기 쉽고 이야기를 전개해 나가는데 새로운 아이디어를 떠올려 주기 때문이다.

실물을 가지고 이야기하기가 쉽다고 해서 실물이 너무 단순하거나 너무 복잡해서 청중들이 이야기를 이해할 수 없으면 안 되며, 실물은 이야기 주제에 맞는 것으로 선택하되 평소 관심이 있거나 친숙한 물건이 좋다.

실물을 가지고 자신이 말하고 싶은 것을 기억하고, 생각과 느낌을 논리적으로 잘 구성하기 위해서는 실물은 무엇이며, 어디에 사용하는 것이며, 자신에게는 어떤 의미가 있는지를 먼저 생각해 두어야 한다. 그러나 실물은 그 자체로써 강조나 지원 역할을 통해 청중의 관심을 유지시켜 주지만 의사전달자로서 자기 자신과 역할을 대신하는 것은 아니며, 단순히 메모 쪽지와 같은 역할을 하므로 이야기 자체를 암기할 필요는 없다.

실물을 효과적으로 사용하기 위해서는 첫째, 실물을 결정할 때 청중의 수를 생각하고, 둘째, 이야기하기 전 실물을 몸에서 20센티미터 정도 떨어트리고, 어깨 높이로 들어 청중이 잘 볼 수 있도록 한다. 이때 자신의 얼굴을 가리는 것을 피하고, 만약 무겁거나 너무 클 때는 책상 위에 놓되, 가능한 한 이야기하는 동안에도 청중이 실물을 확실히 볼 수 있도록 해야 한다.

이야기할 때에는 실물이 아니라 전체 청중을 보면서 하고, 관심을 보이는 청중에게 시선을 집중하는 것이 좋다. 실물은 이야기를 전개하는 과정에서 청중에게 가장 큰 영향을 줄 수 있는 적당한 시점에 소개하고, 실물이 청중의 주의를 산만하게 하지 않기 위해서는 설명이 끝나면 바로 옆에 내려놓아야 하며 이야기 도중 목적 없이 실물을 만지작거리거나 돌려보는 경우 청중의 집중도가 떨어지므로 주의해야 한다.

실물을 가지고 이야기할 때에도 충분한 준비시간을 갖는다면 자신감은 배가 될 것이다. 무의미하게 하는 스피치보다도 실물을 가지고 이야기 하는 것이 의사전달에 더욱 효과적이다.

소개와 감사를 하라

직장이나 사회생활을 하다보면 모임이나 동창회, 오찬이나 강연 등에서 사회자가 주요 인물을 소개해야 하거나 감사의 말을 해야 할 때가 있는데, 이때 상황에 맞는 적절한 소개나 감사를 하지 못할 경우 좋은 분위기를 망치게 된다.

여러분도 한두 번쯤은 소개자가 무슨 말을 하고 있는지 알아들을 수 없어 당황하거나 소개가 모두 끝난 후에도 그 사람의 이름을 기억하지 못하는 경우도 있었을 것이다. 어떤 경우에는 소개자가 주요 인물을 소개하기 전에 청중을 즐겁게 해주는 데 지나치게 시간을 써버리는 바람에 소개 받을 사람의 시간과 청중의 주의를 빼앗아 버리고, 불쾌감을 주는 경우도 있다.

현대사회는 평생교육의 시대라고 해도 과언이 아니기 때문에 관심을 가지면 주변에서 강의를 들을 기회가 많고, 때로는 자신이 속한 단체나 조직에서 특정분야의 전문가를 초청해서 강연을 할 때도 있다. 상황에 맞는 소개는 청중과 초청강사 사이에 정보와 감정의 다리를 연결시켜주는 역할을 하므로 스피치에서 매우 중요한 역할을 하는데, 이때 다음의 소개 방식을 활용한다면 멋진 소개가 될 수 있다.

먼저 이야기의 주제를 말한 후, 그 주제가 청중의 관심을 끌 수 있는 한 가지 이유를 언급하면서 더불어 이 시점에서 그 주제가 청중에게 어떤 의미가 있는지 말한다. 그 다음, 강사의 자격과 적절한 배경을 몇 가지 말하고 마지막으로 강사의 이름을 명확하고 신중하게 말한다. 졸업행사, 각종 동호회, 클럽모임, 월례회, 연례회 등에서 연사의 이름을 말하는 것이 소개의 절정이 되게 하고, 연사의 이름을 말하는 동안 연사를 향해 돌아보지 말고, 청중에게 분명하고 큰 목소리로 말한 다음에는 밝고 친절한 표정으로 웃으면서 환영의 박수를 유도한다.

소개 시 주의할 점은 형식적이고 잘난 체하는 문구는 피하고 소개시간은 1분이 넘지 않도록 한다는 점이다. 모임이나 단체의 행사나 강연 등에서 소개가 첫 출발이라면 감사는 마무리의 의미를 가지고 있다. 따라서 소개 못지않게 감사의 말도 중요하다. 문제는 감사는 소개처럼 사전에 준비할 수가 없기 때문에 상황에 맞게 적절하게 말할 수 있는 순발력이 요구된다. 그러므로 감사의 말을 하기 위해서는 강연 내용 중에서 자신이 좋아하는 문구를 머릿속 혹은 메모지에 적어 놓는 것이 도움이 되고, 청중의 반응을 주의 깊게 살피면서 재차 반복되는 내용이나 주고받는 응답 속에서도 감사의 말을 생각해 낼 수 있다. 기억해야 할 것은 감사의 말은 청중을 대표해서 이야기하는 사람에게 한다는 사실이다. 이때 감사의 말은 간략하게 30초 내로 하고, 호의적인 태도로 감사를 표한 후 청중을 향해 돌아서서 다시 한 번 감사의 말을 한 다음 감사의 박수를 유도하면 된다.

이처럼 장소와 공간의 제약을 받지 않고 누군가를 효과적으로 소개하고 감사를 표현하는 것은 그가 보다 나은 이야기를 할 수 있도록 분위기를 만들어 준다. 또한 주제와 상황에 맞는 소개는 청중과 이야기하는 사람 사이를 하나로 연결해주는 매개체 역할을 하고 특히 감사의 말은 청중이 귀를 기울여 이야기를 경청했다는 것을 보여줌과 동시에 청중을 대신하여 감사를 표현함으로써 청중과 이야기하는 사람을 다시 한 번 하나로 연결해 준다.

★ TIP

- 유능한 스피커는 청중의 시선에 관심을 가지고, 이야기하는 도중에도 2초 내지 3초 간 각 개인의 눈을 번갈아 가면서 응시한다. 여기서 좋은 시선 처리는 청중의 눈을 진지하게 보는 것이지 단순히 응시하는 것이 아니다.
- 효과적으로 말하기 위해서는 시선이 목소리만큼이나 중요한데, 호의적인 시선으로 청중을 바라볼 때 청중들도 이야기에 귀를 기울이게 된다.
- 또한 청중은 말하는 사람의 얼굴 표정을 보고 이야기의 많은 부분을 판단하므로 이야기와 얼굴표정이 일치하면 청중은 더 큰 흥미를 느끼게 된다. 그렇다고 어떤 얼굴 표정이 가장 적절한지 사전에 결정해서 연습하거나 기억할 필요는 없으며, 그저 자신이 하고 있는 이야기에 몰입하고 느끼면 자연스럽게 얼굴표정이 지어진다.

– 좋은 얼굴 표정을 만들고 싶다면, 자투리 시간을 활용해서 하루에 다섯 번씩 순간순간 웃어보라! 감정이 자연스럽게 느껴질 때까지 기쁨, 놀람, 다정함, 당황, 의심, 의혹 등의 감정에 몰입해보고 때때로 하품을 해서 안면 근육을 이완시키게 되면 이야기 속에서 표정이 자유롭게 된다.

선물 주고받기를 하라

미국 항공우주국의 전 우주비행사인 에드가 미첼은 "사람들은 자신과 다른 사람들과 별들과 우주와의 조화 속에 살아가는 법을 배워야 한다. 이 요구는 절대 타협할 수 없다."고 말했다. 그의 말처럼 우리는 얼마나 많은 사람들과 관계를 맺으며 지구의 대자연속에서 조화롭게 살기 위해 노력하고 있는지 한 번쯤은 생각해 보아야 한다.

자신만을 위하는 이기적인 생각 때문에 주변의 사람들이 상처를 받고 있지는 않은지 살펴보고 잠시만이라도 자신의 이기적인 생각을 내려놓으며, 주변의 모든 것들에 감사하는 마음을 표현하는 작은 선물이라도 마음을 담아 주고받는 일들이 많았으면 한다.

우리는 사회생활을 하면서 결혼기념일, 은퇴식, 생일, 졸업식, 수상식 등을 맞아 선물을 주고받게 된다. 이런 선물을 주고받을 때도 스피치를 활용하게 되면 주고받는 사람의 기쁨은 배가 되고 더 영광스러운 기억으로 남을 수 있다.

선물은 개인 당사자 사이에서보다는 주로 사람들이 함께 하는 장소에서 줄 때가 많은데, 이런 경우에는 먼저 선물을 주게 된 상황과 목적을 말하고, 선물을 받을 사람의 그 동안의 공헌과 자질들을 말하며, 함께 한 사람들의 우정 어린 마음과 앞으로의 기대감을 이야기한다.

그런 다음 선물 받을 사람을 호명해서 앞으로 나오면 자신의 왼쪽으로 인도한 후 왼손은 선물을 잡은 채 오른손으로는 악수를 한다. 그 다음 악수한 손 위로 선물을 전달하게 되는데 이것은 주고받는 사람들이 사진을 촬영할 수 있는 기회를 만들어 주며 선물이 아래로 떨어지는 것을 방지하게 된다. 주는 사람은, 받는 사람이 함께 한 사람들을 향하도록 자연스럽게 인도하고, 받는 사람이 감사의 말을 할 수 있도록 한 다음, 뒤로 한걸음 물러나면서 박수를 유도한다.

선물을 주고받는 상황에서 스피치는 진심어린 마음을 담아내야 하므로 가슴으로 생각하고 머리로 이야기를 구성해야 한다. 받는 사람이 잘 기억하도록 하기 위해서는 상황의 중요성을 과장하지 않도록 신중하면서도 공정하게 말하는 것이 좋고, 함께한 사람들이 공감할 수 있게 행동해야 하며, 지나치게 칭찬하는 식으로 하기 보다는 받을 사람의 개성을 가능한 한 창조적으로 표현하면서 그의 자질과 업적을 말하고, 되도록이면 1분 내에 마무리한다.

선물을 주는 것 이상으로, 선물을 받는다는 것은 누구에게나 더 없이 기쁜 일이다. 여기서도 받는 사람은 함께한 사람들 앞에서 소감을 말하게 되는데 먼저 감사를 표시하고 선물의 중요성을 말하면서, 이때 선물이 포장되어 있다면 개봉하여 보여주고, 이 선물이 자신에게 어떤 의미가 있는지, 그것으로 무엇을 할 것인지를 말한다.

그리고는 이 선물을 받기까지 도움을 준 가족, 친구, 동료, 상사, 후배 등 관련된 몇 사람을 언급하면서 자신을 영광스럽게 만들어준 사람들과 그들과 자신의 관계에 대해 느낀 바를 말한다.

마무리는 다시 한 번 진실된 감사를 반복하는 것으로 하되, 사전에 선물 받게 될 것을 알고 있었다면 놀라는 척하거나, 가식적으로 하지 말고, 알기 쉽게, 짧고 진실되게 말한다.

우리가 선물을 주고받는 것을 대수롭지 않게 생각할 수도 있지만 선물을 주고받는 데 따르는 책임은 매우 중대한 것이다. 왜냐하면 그가 속한 조직이나 단체의 많은 사람들 중에서 그만이 특별하게 선별되어 영광스런 자리에 설 기회를 받았을 수 있기 때문이다. 이런 일상의 선물 주고받기에서도 스피치의 형식을 잘 활용한다면 의미 없는 진부한 표현을 피하면서 적절한 태도로 진심어린 감사를 전할 수 있으므로 선물은 받는 사람의 마음속에 영원히 기억될 것이다.

★ TIP

스피치에서 호흡은 목소리의 기초가 되므로 평소 좋은 호흡습관을 갖는 것은 스피치를 할 때 좋은 목소리를 만들어내는 필수조건이다. 가늘고 약한 목소리가 나는 것도 불규칙적이고 얕은 호흡 때문이다.

숨을 들이쉴 때 어깨를 들어 올리는 어깨호흡과 가슴을 들어 올리는 가슴호흡은 스피치에 적절하지 않다. 가장 효과적인 것은 복식 호흡으로 다음과 같이 하면 된다. 먼저 똑바로 서서 양 손바닥을 벽에 댄 후 한쪽 다리를 앞으로 내민 채 코로 숨을 들이쉰 다음, 입으로 하나, 둘, 셋을 세면서 천천히 내쉰다.

이런 과정을 반복해서 연습하면 복식 호흡에 익숙해지고 이를 말하기에 적용하면 되는데, 먼저 숨을 완전히 내쉬고 다시 숨을 충분히 들이쉰 다음 "우", "아", "이" 같은 모음 소리를 내보고 숨을 완전히 내쉴 때까지 최대한 길게 소리를 낸다.

이런 방법으로 반복해서 연습하면 목소리가 더욱 안정적이 되고, 분명하고 우렁찬 음색을 갖게 되며 또한 목소리에 지속적인 힘이 느껴지면서 자신감이 생긴다.

구성원리를 기억하라

일반적으로 사적인 대화에서도 재미와 흥미를 유발시키면서 말을 하는 사람들은 인기가 많을 뿐만 아니라 주변인들에게 긍정의 에너지를 불어넣는다. 이와는 반대로 똑같이 주어진 상황에서도 힘이 없거나 맥 빠진 말을 하는 사람들을 보게 되면 빨리 그 자리를 떠나고 싶고, 다시는 만나고 싶지가 않다.

이처럼 일상적인 대화에서 준비 없이 하는 말에도 보이지 않는 힘이 작용하게 되는데 특히 많은 청중 앞에서 말을 하게 될 경우에는 그 파동은 상상 외로 크다고 할 수 있다. 그렇기 때문에 사전에 철저한 준비가 필요하며, 특히 스피치의 목적을 분명히 정해야 한다. 가령 워크숍이나 세미나에서 하는 강연처럼 청중에게 유익한 정보를 제공하기 위함인지, 동기부여를 위해 구체적인 행동을 요구하는 것인지, 아니면 만찬 후에 청중을 즐겁고 재미있게 하거나 정치적 연설처럼 청중을 선동하거나 자신의 신념을 확신시키기 위한 것인지 정할 필요가 있다.

스피치의 목적을 분명히 정한 다음, 스피치를 어떻게 구성할지 생각하게 되는데 이는 자연스럽고, 논리적이며, 상식적인 과정을 통해 청중들에게 효과적으로 이야기를 전달할 수 있게 만든다.

효과적인 스피치를 위한 첫 번째 구성요건은 시작하는 말로써 주의를 끄는 것이다. 청중이 전혀 예상치 못한 말로 깜짝 놀라게 하거나 열정을 가지고 이야기를 시작하게 되면 청중은 약간의 무관심과 지루함속에서 정신적으로 깨어나 지금 저 사람이 무슨 말을 하려고 하는지 궁금증을 가지고 귀 기울이게 된다.

청중이 스피커의 이야기를 들을 준비가 되면 이제 하고자 하는 이야기의 주제, 목적, 견해 등을 말하면 된다. 그러면 청중은 전달하고자 하는 메시지의 주요 진행 방향을 알게 되고 더욱 흥미를 갖게 된다. 이어서 주제에 맞는 사례를 제시해야 되는데 이때 개인적 경험을 사실적으로 묘사하게 되면 청중들에게 더욱더 잘 전달 될 수 있다. 물론 자신의 사례 외에도 신문 기사, 텔레비전 프로그램의 내용, 실화, 책, 통계자료 또는 친구나 가족의 경험 등 사용할 수 있는 자료들이 많이 있겠지만 이것들은 개인적인 경험만큼 청중에게 신뢰와 영향을 주지 못할 뿐더러 강한 설득력을 갖지 못한다.

마지막으로 청중에게 남기고 싶은 메시지를 잘 전하는 것이 중요한데 이때는 반드시 요점과 밀접하게 연관되는 내용을 말하거나 요점을 강조하는 것으로 이야기를 부드럽게 마무리하면 된다.

★ TIP

스피치에서 호흡을 고르는 것은 신체에 활력과 내구력을 제공함으로써 신체적 에너지를 생산해 내고 목소리의 톤을 강하게 한다. 무엇보다도 연단에서 청중들을 바라보며 스피치를 하는 데는 어려움이 따르는데. 이런 어려움을 극복하고 좀 더 편한 마음으로 말할 수 있게 하는 행위가 호흡이다. 우선 말하기 전에 숨을 깊게 들이쉬게 되면 편안함을 느끼게 되는데, 이때 새로운 주제를 시작하기 전에 약간의 공백시간이 있다면 자연스럽게, 깊고 느린 숨을 들이쉬는 기회로 활용하면 좋다. 일반적으로 문장과 문장 사이에서는 짧은 숨을 들이쉬게 되는데 이렇게 하면 성량도 제대로 나오지 않을 뿐더러 시간이 지나면서 힘이 들고 쉽게 지친다.

그래서 짧은 숨 대신에 깊은 숨을 들이쉬어야 하며, 이 때 주의할 것은 복부가 자연스럽게 움직이는 것을 방해받지 않도록 허리가 너무 조이는 옷을 입지 않는 것이다. 느리고 깊은 호흡은 필요한 공기를 충분히 들이쉬게 함으로써 표정을 차분하게 유지하게 하고 신경을 편하게 함으로써 더욱 확신에 찬 스피치를 할 수 있도록 만든다.

호흡조절을 위해서는 평소 좋아하는 문장이나 시를 선택해서 낭독을 하되, 숨을 충분하게 들이쉰 후 천천히 내쉰 다음 큰 목소리로 분명하게 읽는 연습을 하면 효과가 있다.

방향성을 정하라

사회적으로 잘 알려진 유명 지식인이나 전문분야에 특별한 식견을 가지고 있는 분들이 장시간 자신이 가지고 있는 엄청난 지식을 나름대로 청중들에게 전달하고자 열심히 하긴 했는데, 막상 강연이 끝났을 때 청중들은 그가 무엇을 말하려고 했는지 알 수가 없었다고 불평하는 경우를 보게 된다. 그것은 스피치를 함에 있어 자신의 지식이나 전문성만을 강조한 나머지 전달하고자 하는 말에 뚜렷한 방향과 설득력 없이 두서없는 말을 하게 된 결과이다.

청중들은 이런 강사의 말에 귀를 기울이지 않는다. 앞서 언급한 사람의 경우 그 분야에 독보적인 지식을 가지고 있지만 긴 스피치를 함에 있어 하고 싶은 말을 제대로 구성하는 기술을 알고 있지 못하기 때문이다. 스피치의 방향성을 잡기 위해서는 먼저 누구에게 이야기 하는지, 가령 청소년인지 성인인지, 남성인지 여성인지 그리고 참석자 수가 어느 정도인지 등 사전에 청중에 대하여 전반적으로 파악해야한다.

다음은 스피치의 시간은 어느 정도이며 장소는 어디인지, 복장은 정장 차림인지 평상복 차림인지, 자신 외에 다른 강연자가 있다면 그의 주제는 무엇인지를 알아야 한다. 자신의 스피치 목적이 정보의 제공이나 즐거움의 선사, 확신이나 동기의 유발, 그 밖에 어떤 것인지를 명확히 방향성을 잡아서 스피치를 하게 되면 청중들은 지루함을 느끼지 않고 스피커가 무슨 메시지를 전달하려고 하는지 정확히 알게 된다.

이처럼 스피치의 효과를 극대화시키고 청중으로부터 공감대를 이끌어내기 위해서는 다양한 방법의 말하기 연습이 필요하다. 스피치의 각 단계에서 방향성을 잡아 중심 생각들과 사례의 개요를 염두에 둔 채 녹음도 해보고, 거울을 보면서 또는 친구나 가족들 앞에서 말하는 속도, 목소리의 높낮이, 표정을 다양하게 연출해 본다. 때로는 손, 팔, 머리 등의 제스처를 사용해서, 암기하지 말고 생동감 있게 대화 하듯이 연습하게 되면 자신도 모르는 사이에 스피치가 향상 되어 있음을 알게 된다.

★ TIP

청중은 스피치를 하는 사람이 활기차면서도 빈틈없이, 그리고 신중하게 하는 것을 좋아하므로 연단에서 좋은 자세와 움직임을 보여주는 것은 스피치의 기회를 준 것에 대해 청중에게 보답하는 것이 된다.

그러므로 말하는 도중에 습관적으로 발 흔들기, 손 숨기기, 손가락 꼬집기, 팔 휘젓기, 머리만지기, 옷 당기기 등 주의를 산만하게 하는 행동을 해서는 안 된다. 자신도 모르게 긴장감에서 나오는 이런 행동을 사전에 방지하기 위해서는 두 발로 몸의 균형을 잡고 양팔을 자연스럽지만 벌어지지 않게 내린 다음 중심을 잡고 몸을 약간 앞으로 숙인다. 이어서 양팔을 앞으로 내밀고 어깨를 으쓱거려보고 목을 몇 바퀴 돌린 다음 천천히 움직이면서 목을 앞으로 숙인다. 그런 다음 목을 오른쪽 어깨 위로, 뒤로, 왼쪽 어깨위로 기울여 보고 목을 다시 앞으로 숙인다. 이런 행동을 몇 번 시도한 후 반대로 하면서 반복한다.

활짝 웃어도 보고, 하품도 여러 번 하면서 깊은 숨을 몇 번 쉬어보면 연단에 설 때 공포감과 긴장감을 완화시키는 데 도움이 된다. 이런 방법을 시도하고 연습할 때는 혼자 하라! 다른 사람이 보게 되면 별난 사람으로 오해를 받을 수도 있기 때문이다.

마술을 걸어라

많은 사람들 앞에서 강연을 할 때와 일상생활에서 대화를 할 때의 상황과 느낌이 전혀 다르다는 사실은 누구나 알고 있다. 사람 앞에서 이야기를 하는 것은 똑같은데 어떤 차이가 있기에 평소 아는 사람들과의 자리에서는 그토록 달변인 사람들도 공식적인 자리에서는 횡설수설 두서없는 말을 하는 것일까? 그것은 두려움과 공포감 때문이다.

잘 모르는 사람들 앞에서, 그것도 많은 사람들 앞에서 말을 하게 될 때 '실수하지는 않을까? 혹 사람들이 내 말을 듣고 비웃지는 않을까? 내가 지금 제대로 하고는 있는 건가?' 등의 두려워하는 생각과 무대공포증 때문에 제대로 스피치를 하지 못하게 된다. 다시 말해서 평소 아는 사람들과의 대화보다는 불특정 다수인과 연단에서 마주하는 상황 속의 두려움이 훨씬 더 크기 때문이다.

어떤 경우에는 두려움이 너무 커서 자기 자신을 그런 상황에 노출시키지 않으려고 말을 하는 행동이나 행위를 의식적으로 피하려고 한다. 이런 것들이 한두 번으로 끝난다면 문제될 것이 없지만 사회생활이나 조직생활을 하는 데 있어 스피치를 해야 하는 경우가 빈

번하게 발생한다면 이를 적극적으로 받아 들여야 한다.

그런 적극적인 방법 중에 하나가 스피치에 마술을 거는 것이다. 우리는 신문이나 방송, 특히 텔레비전 홈쇼핑에서 특정 상품에 대한 광고를 시간대별로 하는 것을 볼 수가 있는데 그것은 아무리 좋은 상품이라도 멋지고 매력적으로 포장하지 않으면 잘 안 팔린다는 사실을 광고주들은 잘 알고 있기 때문이며, 광고주들은 이런 일련의 마케팅을 "상품에 마술을 불어 넣는다."라고 한다.

스피치에도 이 원리가 적용되는데 바로 '지식, 열정, 자기 자신만의 고유성'이 주는 세 가지 마술이다. 먼저 주제를 철저히 알고, 자신이 그 주제에 대해 말할 권리를 갖고 있다는 사실을 알며, 적절한 언어 수준을 선택하되 일반인을 상대로 말하고 있다면 가능한 한 전문용어는 사용하지 않는 것이 좋고, 청중의 소망, 희망, 편견, 경험을 알고 적절한 지식을 불어 넣는다. 이때 청중들이 이미 알고 있는 용어를 다시 정의 내리는 것은 피해야 한다. 그 이유는 청중의 수준을 낮추는 것처럼 보여서 오해를 불러일으킬 수도 있기 때문이다.

다음은 자신의 본성으로부터 자신을 끌어당기거나 흥분시키는 이야기들을 준비하고, 충분히 숙고하여 단어와 생각을 끄집어내고, 진실되고 확신에 찬 말로 알기 쉽게 하게 되면 더 열정적으로 메시지를 전달할 수 있다.

마지막으로 자신만의 독창적인 생각과 느낌을 이야기한다. 평소 존경하고 닮고 싶은 사람이 있다고 하더라도 무조건 그를 모방하거나 따라 해서는 안 된다. 우리 각자는 서로 다른 환경에서 독특한 경험을 하면서 자신만의 유일한 삶을 살아왔으며, 통조림 과일보다 신선한 과일이 더 매력적인 것처럼 청중도 스피커 자신만의 삶 속에 녹아있는 신선한 스피치에 감동한다.

첫마디를 시작하기 전에 잠시 마음의 준비를 하게 되면 편안함과 안정감 그리고 자신감이 생기게 되고, 무엇보다도 이 세 가지의 마술을 사용할 수 있다면 매력적이거나 즐겁게 보이려고 이를 드러내고 억지로 웃을 필요도 없으며 청중과 함께 있는 자체만으로 즐거워하는 자신의 모습을 보여주면 된다. 이처럼 스피치에 세 가지 요소를 적용한다면 마술과 같은 경이로움을 발견하게 될 것이다.

★ TIP

스피치에 있어 좋은 제스처는 몸과 팔의 움직임을 통해 스피커의 느낌을 자연스럽게 전달하는 데서 나온다. 효과적인 제스처를 위해서는 자신이 강조하고 싶은 말 앞에서 동작을 시작해서, 동시에 절정을 이루고, 후에 사라지므로 최대한 자연스럽고, 쉽고, 강하게 한다.

이때 좋은 제스처는 보이지 않는 느낌으로부터 나와서 보이는 행동으로 표현되어 생각을 강조해 주게 되는데, 제스처를 사용할 때에는 짧고, 작은 동작보다는 큰 동작을 사용하는 것이 좋다.

우아한 제스처는 팔꿈치보다 어깨에서 시작되므로 몸을 팔이 움직이는 방향으로 가볍게 기울이며 온몸으로 제스처를 취하되 시선은 위쪽, 오른쪽 혹은 왼쪽으로 짧게 제스처를 따라간 다음 다시 청중을 향한다.

★ 다양한 제스처 활용하기

양손을 양 옆으로 펼쳐 보인다. 함께, 모두, 전체의 의미로, 청중과 쉽게 친해지는 느낌을 끌어낼 수 있다.

양손을 목 높이에서 마주 잡는다. 결심, 단호함, 동참, 투지 등을 나타낸다. 열정 있는 사람이란 느낌을 갖게 한다.

양손을 가슴 아래에서 마주 잡는다. 감사함, 소망, 의지, 정성 등의 의미다. 공손하고 예의 바른 느낌을 준다.

양손을 위로 향해 편 다음 배에서 가슴 높이까지 옮긴다. 성장, 향상, 희망을 의미하며 진실, 의욕, 차분함의 느낌을 준다.

오른손을 주먹 쥐고, 눈높이까지 올린다.

도전, 결심, 자신감, 의지, 희망, 목표 달성을 의미한다.

즉흥연설을 두려워 하지마라

일반적으로 유명 인사를 제외하고는 즉흥연설을 해 달라고 부탁 받는 경우는 거의 없지만 때로는 단체모임이나 지인의 개업, 직장 내 회식자리 등에서 사회자로부터 예상치 못하게 즉흥적으로 말을 해달라는 부탁을 받는 경우가 있다.

사전예고 없이 부탁을 받게 되면 당황하게 되는데 이런 상황이라고 느끼면, 재빨리 마음의 준비를 한 다음 자신의 경험과 자신감에 모든 것을 맡겨야 한다. 대체로 즉흥연설의 주제는 상황에 따라 달라질 수 있는데 준비할 기회를 갖지 못했더라도 지금 있는 자리가 송별식인지 환송식인지 아니면 결혼식 피로연인지에 따라 분위기에 맞춰 말을 하면 된다.

이때 당황하지 말고 스피치의 구성 원리인 주의 끌기, 요점, 사례, 마무리를 적용해서 하게 된다면 즉흥적인 상황에서도 안정감과 성공을 가져다 줄 것이다. 기억할 것은 어느 누구도 이런 상황에서 즉흥연설을 하는 사람이 길게 할 것이라고 기대하지 않기 때문에 가능한 짧게 말을 한다. 또한 미리 준비하지 못했더라도 사과하지 말고 그 자리에서 최선을 다하고, 있는 그대로 청중의 박수를 받아들이면 된다.

짧고 열정적으로 하되 자신을 믿고, 스피치 구성 원리의 기술을 신뢰하며 마음속으로 준비하게 되면 즉흥연설에 대한 두려움은 사라지고 자신이 즉흥연설을 할 수 있다는 가능성을 깨닫게 된다.

호의적인 인상을 심어줘라

강의와 연설 등의 전문가, 경험이 많은 연사들은 스피치를 하기 전이나 또는 하는 도중에 청중들에게 호의적인 인상을 주는 것이 매우 중요하다는 사실을 알고 있기에 스피치의 시작부터 끝나는 순간까지 청중들의 오감을 집중시키고 함께 호흡할 수 있는 방법을 알고 끊임없이 연습하며 노력해 왔다.

청중에게 호의적인 인상을 심어주는 방법으로는 먼저 민첩하게 걸어 청중들을 다 바라볼 수 있는 파워포인트에 당당하게 서서, 신중한 움직임으로 자신감을 보여준다. 그 다음 두 발에 힘을 주고 당당한 자세에서 체중을 두발에 공평하게 분산하되 두 발은 약 15~30센티미터 정도로 살짝 벌린다.

스피치를 시작하기 전에 다정한 눈빛으로 2초 정도 청중을 둘러보고, 스피치를 하는 내내 청중의 위치에 따라 앞, 뒤, 중앙, 좌, 우로 시선을 주면 청중은 연사가 관심을 보이는 것에 대하여 호의적인 생각을 갖게 된다. 주의할 것은 눈을 실룩거리거나, 눈을 맞추지 못하고 허공을 향하게 하거나, 특정인 또는 어떤 물체의 한 부분에 시선을 고정시켜서는 안 된다는 것이다.

자신의 스피치에 귀 기울여 자신이 열정적으로 말을 하는지 아니면 지루함이나 피곤함이 묻은 소리를 내고, 비공식적인 대화체를 사용하고 있는지 스스로 물어보는 것은 멋진 스피치를 하는데 도움이 된다. 특히 정해진 시간을 넘기지 말고, 시간이 초과될 것을 대비해서 스피치 준비 단계에서, 생략할 부분을 미리 정해두는 것이 좋다.

마지막 메시지는 청중들의 시선을 바라보며 전달한다. 무엇보다도 스피치를 하는 동안 청중에게 호의적인 인상을 심어주기 위해서는 자신이 청중들을 호의적인 시선으로 바라보도록 의식적으로 노력하는 것이 중요하다.

★ TIP

스피커의 좋은 목소리는 청중에게 묘한 매력으로 어필할 수 있지만 타고난 천성의 목소리를 한순간에 성우처럼 바꿀 수는 없다. 다만 꾸준한 노력에 의해 자신의 타고난 목소리를 좋은 목소리로 개발할 수가 있는데 이는 습관의 문제이다. 자신의 느낌을 전달하기 위해 말의 속도를 조절하거나 다양한 톤을 사용하게 되면 목소리에 색깔과 생명력이 들어가게 되고 바른 자세와 근육 이완은 목소리를 향상시키는데 도움이 된다. 특히 목소리에 다양함을 주는 훈련이 필요한데 이때는 불쾌감, 성남, 다정함, 상냥함 등 상황에 맞는 느낌을 적절히 효과적으로 표현하고, 특히 강조하고 싶은 단어의 어조를 올리기 보다는 오리려 낮추게 되면 듣는 사람들로 하여금 집중도를 높이며 목소리 톤이 적절하게 유지될 것이다.

세일Talk로 자신감을 높여라

세일토크는 스피치에 있어 독특한 것을 할 수 있는 기회를 주며 안전한 환경에서 자신의 소심함을 떨쳐버릴 수 있는 기회를 제공해준다. 이것은 분명 스피치에 자신감을 주고 새로운 재미와 경험을 안겨 주게 되는데 여기서도 스피치의 구성이 매우 중요한 역할을 하게 된다.

세일토크를 스피치의 구성과 열정의 결정판이라고 할 수 있는 것은 그것이 스피치라는 상품을 청중에게 파는 행위이며, 자신을 완전히 세일토크에 몰입시키고 열정을 쏟아 내야하기 때문이다. 세일즈에 있어 상품과 서비스가 팔릴지 안 팔릴지 여부는 대부분의 경우 판매자의 열정에 달려 있는 것이다.

이런 세일토크의 구성은 다음과 같다. 먼저 주의끌기로 청중의 관심을 집중시키고 판매하는 물건이 무엇인지 요점을 말한다. 그리고는 이 물건으로 무엇을 할 것인지 사례를 들어 말하고, 마지막으로 어디에서 구매할 수 있는지, 가격은 얼마인지 말한다.

스스로 생각해도 즐거운 시간이 될 수 있도록 가능한 한 익살스럽고 재미있게, 내용을 1분 정도로 구성하고, 가족이나 다른 사람들 앞에서 혹은 거울 앞에서 꾸준히 연습하다 보면 스피치의 마력을 알 때가 올 것이다.

사회공헌 활동을 표현하라

주어진 일에 만족하며 자기 자신만을 위해 사는 사람도 있는가 하면 어려운 이웃과 소외된 사람들을 위해서 물질적으로든 정신적으로든, 보이지 않은 곳에서 묵묵히 희생적으로 봉사하는 사람들도 있다.

이들은 한결같이 어떤 사회공헌 활동을 하기 전에 반드시 무엇을 할 것인가에 대한 실천과제를 작성하고 이를 반복해서 이야기한 후에 실행에 옮긴다. 이러한 행동은 자기 헌신의 한 가지 척도이며, 우리 사회는 그들이 원하든 원치 않든 이들을 '사회적 리더'라고 부른다.

이들을 '위대한 리더'라고까지 말할 수는 없겠지만, 분명한 것은 이들이야말로 우리 사회를 더 나은 세상으로 만들기 위해 작은 불씨를 지피고, 자신의 주위를 따뜻하게 할 수 있도록 무언가를 끊임없이 실천해 나가는, 헌신적인 사람들이라는 것이다.

사회공헌 활동을 한다는 것은 나무에 튼실한 열매가 열리도록 가꾸어 나가는 것과 같은 것으로, 자신이 누군가를 위해 좋은 일을 하기 원한다면 먼저 무엇을 할 것인지 심사숙고하여 결정하고 행동에 옮길 수 있는 것을 선택한다.

결심하기는 쉽지만 실천하기는 어렵기 때문에 이를 누군가에게 말하게 된다면 자신과 다른 사람들에게도 중요한 메시지를 주게 되고 결심을 행동으로 옮기기가 훨씬 쉬워진다. 주의를 집중시키고, 자신의 사회공헌 활동 과제가 무엇인지 요점을 말하고, 자신의 사회공헌 활동 사례를 설명하면 되는데 이때 이미 시작하였다면 진행사항을, 아직 시작하지 않았다면 앞으로의 계획과 기대를 이야기한다.

여러 사람들 앞에서 자신의 사회공헌 활동 과제에 대해 약속하는 것은 절망과 분노 그리고 낙담에 빠진 많은 사람들에게 자신의 실천하고자 하는 긍정적 에너지와 용기를 불어넣을 수 있다.

스피치의 마지막에 이런 일련의 사회공헌 활동 실천과정을 한 문장으로 요약하여 말함으로써 실천에 대한 강한 의지를 보여 주게 되면 더 효과적인 의사전달이 되어 듣는 사람들에게 감동을 주게 된다.

제3부

대인관계의 성공 테크닉

대인관계도 스피치가 답이다

역사나 사람의 운명을 바꾸는 사건 뒤에는 대중을 움직이는 스피치가 있었다. 한말 도산 안창호(1878~1938) 선생님은 "나 하나를 건전한 인격으로 만드는 것이 우리 민족을 건전하게 하는 유일한 길이다."라고 하면서 인격의 혁신을 강조하였다.

선생님이 미국으로 건너가 독립운동을 할 당시 동포들은 미국 농장에서 귤을 따며 하루하루를 힘들게 살아가고 있었고, 어느 날 선생님께서 동포들에게 말했다.

"여러분, 귤 한 개를 따는 것도 나라를 위하는 일입니다. 여러분들이 정성껏 일을 하면 미국인들은 우리나라 사람들을 좋아할 것입니다. 결국 여러분들 한 사람 한 사람에 의해서 우리나라 전체가 칭찬을 받게 될 것입니다. 여러분들은 지금 조국을 위해 아주 큰일을 하고 있는 것입니다."

이 유명한 말은 뚜렷한 민족의식 없이 외국에서 더부살이를 하던 떠돌이 백성들에게 민족의식을 고취시켜 '애국자'의 자긍심을 갖게 해주었고, 그 힘으로 '흥사단'을 탄생시키는 계기가 되었으며, 상해임

시정부 독립운동자금을 모으는 데에도 큰 기여를 하는 결과를 낳았으니 선생님의 대중을 향한 스피치의 울림이 참으로 장구하고 위대함을 느끼게 한다.

군인이자 정치가였던 드골(1890~1970)은 1940년 6월 18일, 파리가 독일 나치군에게 함락되자, 망명지인 영국(BBC 방송)에서 조국 프랑스를 향해 '자유 프랑스' 방송의 첫 전파를 띄웠다.

"나 드골은 지금 런던에 있습니다. 우리는 한 번 전투에서 졌지만 이 전쟁에서 진 것은 아닙니다. 프랑스의 저항의 불꽃은 소멸할 수도 없고 소멸해서도 안 됩니다." 이 말을 통해 절망에 빠져 있던 프랑스 국민들이 용기와 희망을 얻었음은 물론이다.

이처럼 동서고금을 막론하고 스피치의 위력은 사람의 마음을 움직이고 결국 대인관계에도 성공을 가져오는 운을 부르게 된다.

로비도 대인관계다

경제성장으로 인한 사회발전은 사람이 존재하는 곳에서는 때와 장소를 가리지 않고 갈등을 증폭시키는데, 이를 해결하는 힘은 사람과 사람 간에 좋은 관계를 유지하는 것이다. 그러므로 현대사회에 있어 대인관계는 더욱 중요한 문제가 되고 있다.

인간은 누구나 대인 관계를 통해서 성공과 실패를 거듭하면서 하루하루를 살아가고 서로 간의 관계 속에서 경제적 부와 사회적 명예, 성공적인 삶의 영역을 확장해 나간다. 이런 과정 속에서도 사람들은 자신이 속해있는 조직이나 자신의 이익을 위해서 누군가에게 부탁을 하게 되는데 이를 로비하고 한다.

로비는 호텔이나 극장에서의 응접실, 통로 등을 겸한 넓은 공간의 휴게실, 국회의사당에서 의원들이 잠깐 동안 머물러 쉴 수 있도록 마련하여 놓은 휴게실 또는 권력자들에게 이해 문제를 진정하거나 막후 교섭하는 것이라는 사전적 의미가 있다.

즉 사람을 맞이하거나 대면하여 서로 이야기하는 장소를 뜻하는데, 근래에 와서는 그 의미가 변하여 일반적으로 로비라 함은 '상대방에게도 이익을 주고 자기가 원하는 것을 성취하는 행위'로 그 의미가 널리 쓰이고 있으며, 우리가 살고 있는 일상생활 속에서도 로비는 알게 모르게 사람과의 관계 속에서 자연스럽게 이루어지고 있다.

조직에서 승진을 위해 상사에게 충성과 복종을 보이는 것이나 납품을 위해 구매 담당 책임자의 성격과 취미 등을 알아내어 만족할 만한 접대와 선물을 하는 행위, 부모가 자녀들에게 반에서 10등 안에 들면 용돈을 배로 올려주겠다고 말하는 것도 넓은 범위에서는 로비 활동이라고 할 수 있다.

로비의 궁극적인 목적은 말이나 행동을 잘하거나 접대, 선물 등을 제공하는 행위를 통해 서로 간에 이익을 얻는 것이다. 국회의원을 상대로 한 대기업의 로비, 국익을 위해 정부 차원에서 벌이는 국제적인 로비 활동 등의 모든 것들은 그것이 크든 작든 간에 개인 대 개인의 인간관계에서 이루어지는 것이며 그 인간관계를 확고하게 연결하고 있는 끈은 바로 스피치 파워, 즉 말의 힘인 것이다.

관계의 연결고리는 스피치다

인간이라면 누구나 이 세상을 살아가는 동안에 많은 사람과 관계를 맺고 살아가기 마련이다. 문제는 누구를 만나고 그들과 어떻게 관계를 맺느냐에 따라 인생의 방향은 크게 달라진다는 것이다. 즉 사람과 사람의 만남, 대인관계 속에서 진정 인간의 행복과 불행, 성공과 실패가 결정되기 때문이다.

카네기 공과대학에서 1만 명의 기록을 분석한 결과 기술적인 훈련이나 두뇌의 훈련은 성공요인의 15%에 불과한 반면, 뛰어난 대인관계의 능력은 성공요인의 85%가 된다는 결론을 내리고 있다. 또한 하버드대학 직업지도부 조사에 따르면 해고당한 수천 명의 사람들 중에서 대인관계가 서툴러서 해고당한 사람이 직무수행을 잘못해서 해고당한 사람보다 두 배나 많았다는 결과가 나왔다. 직장에서 해고당한 4천 명을 대상으로 해고 원인을 조사한 A. E. 워컴 박사의 '정신탐방'이라는 연구 보고서에 의하면 일을 잘못하여 해고당한 사람은 불과 10%인 4백 명인 반면, 대인관계에 서툰 것이 원인이었던 사람은 무려 90%인 3천 600명이나 되었다고 한다.

이처럼 오늘날 많은 과학적인 연구 결과, 대인관계에 성공하기만

하면 어떤 직업에 종사하든 그 성공률은 85%, 개인의 행복은 99%까지 약속된다는 사실이 증명되고 있다. 역사상 대인관계가 나쁜 사람이 성공한 경우는 거의 없다. 물론 특별한 인간관계에 신경 쓸 필요 없이 학문, 예술, 과학, 자연을 연구함으로써 큰 업적을 남길 수도 있지만 결국은 세계적으로 성공한 사람은 거의 다 대인관계에서 성공한 사람이며, 대인관계에 실패하면 인생의 실패자가 될 수밖에 없다.

대인관계란 삶을 성공적으로 만들어 나가기 위해서 효과적인 의사소통으로 서로를 이해하고, 말을 주고받으며 인간의 정을 쌓아 나가는 것이다. 한 번 쌓인 정은 끊기가 여간 어려운 것이 아니므로 큰 손해를 보지 않는 한 부탁을 들어 줄 수밖에 없는 것이다. 원래 인간은 누구나 다 성공과 행복을 바라고 있다 이 성공과 행복의 공통분모가 곧 대인 관계이며 스피치를 잘 하는 사람이 못하는 사람보다 대인관계가 원만하다.

첫 만남에서 이름을 기억하라

공적이든 사적이든 사람들과 처음 만나는 자리에서는 자신이 누구인가를 소개하는 것으로부터 대화가 시작된다. 이때 먼저 자신의 이름을 말하게 되는데, 문제는 자신의 이름을 분명히 말해 주었는데도 상대방은 내 이름을 잘 모르고 있다는 것이다.

그 원인은 당시의 상황에 따라 여러 가지가 있겠지만, 그 중 가장 주된 원인은 개방적인 서양인과는 달리 내향적인 동양인에게는 특유의 부끄러움을 잘 타는 습성이 있어 대부분의 경우 처음 대면하는 사람들에게 자신을 제대로 소개하지 못하는 것이다.

일상에서 수없이 경험하는 일이지만 우리는 처음 만나는 사람에게 먼저 인사를 청하든지, 소개를 받아서 인사를 하게 되든지 간에 순간적으로 손을 내밀며 단숨에 자기 이름부터 말해 버린다. "한만표입니다." 하고 순식간에 말해버리면 '한'은 알아들을 수 있어도 그 다음은 '만표'라고 했는지, '만펴'라고 했는지 알아듣지 못하는 경우가 많다. 이런 경우 원래 되묻는 것이 원칙이지만, 되묻게 되면 상대방이 자신을 어떻게 생각할까 두려워 되묻지 못하고 결국 분위기는 어색해 질 수밖에 없는 것이다.

사람이 어떤 말을 들어 뇌에 기억하기 위해서는 0.8초 내지 1.2초의 시간적 준비가 필요하다고 한다. 스피치로 자신을 소개하는 방법에서도 기술했지만 "저의 이름은 한만표입니다."라고 인사를 할 때 '저의 이름은' 하고 약간의 여유를 두고 이름을 말하며 '한'과 '만표'사이도 분명히 구분하여 띄어서 말해야 상대가 알아듣게 된다.

만일 친구뻘 정도의 대등한 관계의 인사에서 상대가 너무 빨리 말해서 그의 이름을 정확히 듣지 못한 경우에는 정중하게 다시 묻는 것이 좋다. "실례입니다만 한…뭐라고 하셨지요?", "만표입니다.", "예, 한만표 씨. 기억하기가 좋은 이름입니다." 또는 "선출직에 나오시는 분들에게 환영 받으시겠습니다.", "제 친구 중에 '온만표'라고 있는데 성만 다릅니다." 하며 자연스런 분위기로 이어 가는 것이 이름을 몰라서 실수할까봐 상대의 이름을 피해 가면서 대화하는 것보다는 훨씬 효과적이다.

상대의 이름을 알고 난 후에는 "저는 김성민이라고 합니다. 잘 부탁합니다." 하고 침착하고도 분명한 목소리로 말한다. 이때 상대방을 향해 바른 자세로 정중하게 머리를 숙이는데, 머리를 숙이는 각도는 자기의 눈이 상대방의 무릎 근처를 볼 정도로 숙이는 것이 좋다. 여성의 경우에는 천천히 머리를 숙여 상대방의 발끝을 볼 정도로 머리를 숙이는 것이 정성스런 인사법이다.

첫 만남의 대화가 중요하다

사람들이 첫 만남에서 대화를 잘 못하는 것은 너무 완벽한 대화를 원하기 때문에 일어나는 현상이다. 보통 사람들은 처음 만나 잘 알지 못하는 사람과의 대화를 어떻게 시작할지 몰라서 어색해 하게 되고 상대방에게 무엇인가 도움이 될 만한 말을 해야 된다는 강박관념으로 열심히 중요한 화제를 찾는다.

'만나서 첫 대면하는 상대방에게 혹 내가 하는 말이 너무 하잘것없는 말은 아닐까?', '상대방은 전혀 관심이 없는데 나만 떠드는 것은 아닐까?' 하는 두려움 때문에 안절부절 못하다가 말을 잘 하지 못하게 되고, 이렇게 첫 만남의 대화에서부터 대인관계가 원활하지 못하여 자신의 생각과는 달리 손해를 보는 경우가 생기게 된다. 그러므로 처음부터 완전한 대화를 하겠다고 필요 이상으로 신경 쓰지 않아도 된다.

처음부터 유익하고 지혜로운 대화를 하려고 하지 말고, 자신이 하고 싶은 말을 생각나는 대로 자연스럽게 하는 것이 좋다. 무의미하고 쓸 데 없는 잡담이라도 일단 시작하게 되면 이야기가 서로 오고 가게 되며, 말을 잘하려고 노력하지 않음으로써 오히려 정신의 수레

바퀴가 회전하면서 자연히 흥미롭고 지혜가 넘치는 이야기를 할 수 있게 되는 것이다.

존 머피 교수는 〈유어 라이프〉지에 게재한 '완전해지기를 바라지 말라'는 글에서 "세상에 지혜의 불꽃을 끊임없이 번뜩이는 사람은 없다. 명언과 명구는 고심한 끝에 짜내서 만들어진 것이 아니다. 안락한 기분이 되어 자기 자신으로 되돌아갔을 때 자연적으로 흘러나오는 것이다."라고 말하고 있다. 또한 영국의 비평가 허스킨은 "글을 의식적으로 잘 쓰려고 하지 않을 때 글이 잘 써진다."고 말하고 있다.

첫 만남은 누구를 만나든 늘 설레고 긴장되기 마련이지만 긴장감과 두려움에 대한 마음의 제동장치를 풀고 평소 주변에서 일어났던 이야기들을 생각나는 대로 떠들면 대화의 꽃이 피고 상대가 편안한 마음으로 듣게 되면서 분위기가 유쾌해지고 좋은 관계로 발전하게 된다.

상대방 말을 경청하라

사람들은 각자의 생각과 살아가는 방식이 다름에도 대화를 하다보면 어떤 사람은 자신의 이야기만 열심히 할 뿐 상대방의 말은 처음부터 들으려 하지도 않고 관심조차 두지 않는다. 반면에 자신의 이야기를 다 하면서도 상대방의 말에 귀 기울이면서 때로는 맞장구를 치는 사람도 있다.

전자와 후자의 사람 중 대인관계에서 있어서는 당연히 후자의 사람이 좋은 관계를 맺고 살아가고, 삶에 있어서 성공할 확률도 높다. 대인관계의 스피치에 있어서 가장 중요한 것은 상대의 이야기를 잘 들어주는 것이다. 나의 이야기만을 장황하게 늘어놓는 것은 잘못된 것이다. 그렇다고 해서 상대에게만 자꾸 질문을 하고 나의 이야기는 쏙 빼놓는 것도 실례이다.

그렇다면 상대가 마음의 문을 열고 자신의 생각을 받아들이면서 좋은 관계로 발전해 나가려면 어떻게 해야 할까? 유일한 방법은 상대가 편안한 마음으로 긴장이나 경계심을 풀고 이야기할 수 있게 하는 것이다.

상대가 흥미를 갖고 있는 부분에 대해서 질문을 하거나, 그 사람이 갖고 있는 자부심, 즉 예를 들어 어떻게 자수성가를 했는가? 사업 실패를 극복하고 재기할 수 있었던 비결은 무엇인가? 또는 자식이 성공할 수 있도록 어떻게 키웠는가? 등을 물으면 상대방은 신이 나서 이야기하기 시작할 것이다.

이때 그의 말에 호응하면서 "야! 그런 방법이 있었군요!", "참, 대단하십니다!", "통영에도 사셨다고요?", "저도 일 년에 한두 번은 아내와 통영에 갑니다." 하고 응답하며 이야기를 들어주면 상대는 편안한 마음으로 이야기를 계속하게 되고 그 자신의 마음 문을 열어 놓게 된다.

이런 대화의 방법에 '6대4의 법칙'을 적용하면 상대가 쉽게 마음에 문을 열게 되는데, 실천 방법은 간단하다. 상대방이 여섯을 말하게 하고 내가 넷을 말하는 것이 가장 좋은 대화인 것이다. 10분의 대화라면 상대가 6분을 말하게 하고 내가 4분을 말하는 것이다. 상대가 자기 자랑을 3가지 정도 하면 나는 2가지 정도 하는 것이 좋다. 대인관계에서 말을 많이 하고 잘 하는 것보다 중요한 것은 상대방의 말을 듣는 것이다.

자신을 강하게 어필하지 마라

좋은 대화란 상대의 말을 잘 듣고 그것을 새겨서 상대방에게 돌려보내야 하는데 우리의 대화는 해야 할 말과 해서는 안 될 말을 구분하지 않고 상대가 이야기하는 즉시 넘겨주는 식이다. 이런 식의 화법은 성급한 대응을 초래하여 상대방에게 오해를 사기 쉽다.

대화를 할 때는 상대가 자기에 관해 무엇을 묻기 전에 먼저 자기 자신의 이야기를 장황하게 늘어놓아서는 안 된다. 대화 도중에 자신에 관해서 어떤 부분에 흥미가 있다면 상대방은 질문을 하게 되고, 이때 간단하게 이야기해 주면 된다.

여기서 주의할 것은 자기 자신에 대해서 이야기할 때는 절대로 자신을 내세우려 하면 안 된다는 것이다. 사람은 다 이기적 동물이므로 자기 자신에 관해서 이야기할 때는 자기가 사회에서 성공한 사람, 훌륭한 사람이라는 것을 은연중에 과시하며 이야기하고 싶은 충동이 생긴다.

이런 충동은 자기 자존심을 높이려고 상대가 질문한 것과 관계가 없는 것도 장황하게 이야기하게 만들고, 이를 듣는 사람은 불쾌한 기분이 들게 되며 '자기 자랑이 심한 졸렬한 사람이구나.' 하고 평가절하하게 된다.

그러므로 자기 자신의 이야기는 반드시 상대방이 물어 볼 때만 하는 것이 좋으며, 또 이야기를 할 때에도 감정을 억누르고 겸손하고 진실하게 간단히 이야기해야 한다.

자기 자신을 일방적으로 과대하게 어필하게 되면 이야기를 하지 않았을 때보다 더욱 못한 결과를 가져오는 것이다. 이런 순간에는 잠시 생각을 하면서 던지고 받는 야구 식으로 대화를 해야 한다. 즉 상대방이 던진 야구공을 글로브로 받아서 다시 그 공을 손에 쥐고 상대의 거리와 위치를 잘 겨냥해서 던지면 상대방도 잘 받아서 정확하게 돌려준다. 그런데 많은 사람들은 야구식이 아닌, 상대의 공을 받아서 생각하지도 않고 곧 바로 넘겨주는 탁구 식의 대화를 하기 때문에 뜻하지 않은 갈등과 이해 충돌이 생긴다. 서로 주고받는 대화를 통해 듣는 사람이 자기에게 친절을 베풀었다고 고맙게 생각하도록 하는 식의 대화는 상대방에게 높은 평가를 받게 된다.

조화로운 대화를 하라

우연의 만남이든 필연의 만남이든 만남 그 자체를 좋은 인연으로 만들기 위해서는 조화로운 대화를 해야 한다. 조화로운 대화란 부탁이나 허락받는 대화가 아니라 서로 믿음으로서 친밀감을 가지고 대화를 통해 관계를 유지하거나 더 발전해가는 것을 말한다.

일상에서 사람들은 남의 양해를 구하는 말을 자주 쓰게 되는데 이런 말들은 조화로운 대화가 아닐 뿐만 아니라 지나친 경어나 정중한 표현은 인간관계의 질을 떨어뜨린다. 조화로운 대화를 이어가는 가장 좋은 방법은 허락받는 표현의 말보다는 상대방의 의견을 묻는 표현의 말을 사용하는 것이다. 가령, "질문해도 괜찮습니까?" 대신에 "이 업무에 관해서 말해 주십시오."로, "이 상품에 하자가 있을 때에는 다시 가져와도 좋습니까?" 대신에 "이 상품에 하자가 있으면 다시 가져오겠습니다."로, "한 시간 동안 나가 있어도 되겠습니까?" 대신에 "한 시간 동안 나가 있을 텐데 그 동안 나한테 볼일이 있습니까?"로 바꾸어 말하는 식이다.

결국 노예와 죄수들처럼 매사에 허락을 받는 표현은 대부분 단순한 대화의 수준에 그치는 관계에 이르게 하고 대인관계에 단절을 초래한다.

상대방을 똑바로 보고 말하라

커뮤니케이션은 화자의 이야기를 상대가 들어주어야 성립된다. 아무리 중요한 이야기를 하려 해도 상대방이 들어주지 않는다면 그 대화는 단절되고 만다.

이런 상황에서 상대가 이야기를 들어주지 않는다고 상대를 원망하거나 책망한다면 이 또한 자신이 대인관계에서 잘못을 범하고 있는 것이다. 상대가 자신의 말을 듣게 할 수 있는 방법은 대화를 하기 전에 상대방의 상태를 살피는 습관을 들이는 것이며, 이것이 직장에서나 사회생활에서 대인관계를 원만하게 유지하는 첫 걸음이다.

이야기를 듣는 상대가 말과 행동으로 반응을 나타내면서 대화에 동참해야 커뮤니케이션이 되는 것이다. 상대가 대화에 응답할 때 눈을 아래로 내리 깔거나 옆을 쳐다보는 것은, 자신의 태도가 정말 자신이 없고 약한 입장이라는 신호를 보내 주는 것이다. 비록 자신의 마음이 편안치 않더라도 상대를 똑바로 보고 말해야 한다.

관계를 위한 대화 시에는 똑똑하고 논리적으로 말해야 한다. 대화 중간에 가령, "에", "음", "아" 등의 사잇말이 반복되지 않도록 하고, "저 말이죠.", "그게 말이죠."와 같은 무의미한 말을 쓰지 않도록 평소 자신의 말에 대한 습관을 파악하고 이런 불필요한 말이 대화 시에 나오지 않도록 주의를 기울여서 노력하기만 하면 고칠 수 있다.

이러한 습관적인 말은 자신이 불안정하다는 인상을 상대에게 주게 되고 또한 어물쩍하게 구렁이 담 넘어 가듯이 이도 저도 아닌 태도와 말은 상대방을 불편하게 만들 뿐만 아니라 대인관계에서도 신뢰감을 저해하는 요인이 된다.

거절도 관계유지의 기술이다

사회생활에서 타인과 친밀한 관계를 유지하다보면 뜻하지 않게 누군가로부터 어려운 부탁이 들어와 난처한 상황에 직면할 때가 종종 생기게 된다.

특히 금전적인 부탁을 해오는 상대가 절친한 친구이거나 지인 또는 믿을만한 선후배라면 단칼에 거절하는 것이 쉽지만은 않다. 물론 사람마다 살아가는 방식이 다르기 때문에 그중에는 '나는 도움을 받지도 않고, 도움을 주지도 않는다. 더구나 돈을 빌려주는 사람은 더욱 아니다.'라는 확고한 사고방식을 가지고 있는 사람이라면 단칼에 거절할 것이다.

대개 이런 사람은 대인관계가 원만하지 못하다. 어차피 혼자 무인도에서 사는 것이 아니라면 서로가 돕고 살아가는 것은 당연한 원리이다.

하지만 부탁을 받았을 때 도저히 들어줄 수 없는 상황이나 마음이 내키지 않아 거절할 수밖에 없는 상황이 된다면 굳이 상대방의 마음에 상처를 주면서까지 좋았던 관계를 악화시킬 필요는 없다. 이런 때에는 상대의 부탁을 한마디로 거절하는 것보다는 비록 들어줄 수 없는 부탁이라도 우선은 진지하게 들어주는 성의를 보여야 한다.

대부분 상대는 나 자신보다 더 큰 부담을 안고 부탁을 해오기 때문에 딱 잘라서 거절하게 되면 마음에 커다란 상처를 받기 마련이다. 특히 금전적인 부탁을 받는 경우에는 상대의 어려움을 끝까지 듣고 나서 부득이하게 들어줄 수 없는 현재의 상황을 이해시키면서 부드럽게 거절의사를 밝히면 된다.

그렇지 않고 여러 가지 변명을 늘어놓거나 말을 돌려 가면서 하게 되면 부탁을 들어 줄 수 있으면서 안 들어 주려고 핑계거리를 찾는다고 생각하고 상대는 끈질기게 요청하게 되며, 끝내 빌려준 다음에는 후회를 하게 된다.

금전적 부탁을 들어준 사람 가운데는 빌려주기 싫은 돈을 "친구 사이에 그럴 수 있느냐?"는 비난이 두려워 빌려주었다면서 어쩔 수 없었다고 말하는 경우도 있다. 상대의 요구를 거절할 때는 그 요구가 타당한지 아닌지를 파악하는 것은 중요하지 않다. 내가 원하지 않는 일은 하지 않아도 되는 권리를 행사하면 친구가 싫어할 것이라는 걱정도 할 필요가 없다. 일단 상대의 입장에 동조하며 들어주는 태도를 취하고 거절의 말일수록 완곡하게 표현하게 되면 상대의 자존심을 건드리지 않고 마음의 상처도 주지 않게 된다.

감정을 효과적으로 사용하라

심리학자 윌리엄 제임스에 의하면 행위가 감정을 따라가는 것 같지만 실제는 행위와 감정이 동시에 일어난다고 한다. 따라서 행위를 조절하는 것에 따라서 우리들은 간접적으로 감정을 조절하게 되는 것이다.

사람들과의 관계에서 분노를 표출해야 할 때가 있고, 웃어 넘겨야 할 때가 생기게 된다. 이때 자신의 감정을 상황에 맞게 조절하지 못하면 대인관계가 제대로 형성되지 않는다. 옛 속담에 "웃는 얼굴에 침 못 뱉는다."는 말이 있는 것처럼 누구나 할 것 없이 웃는 얼굴에다 화를 내는 것은 어렵다.

하루를 시작하는 아침에 만나는 사람들이 서로 웃는 얼굴로 인사를 하고 받는다면 하루의 시작이 유쾌해질 것이다. 직장 내에서도 미소를 잃지 않은 사람들이 많다면 그로 인해서 직장의 분위기는 한층 밝고 명랑해지며 업무 효과도 높아진다. 미소를 지을 수 있는 사람은 말을 하지 않아도 다른 사람의 마음을 끌 수 있고, 다른 사람의 기분을 유쾌하게 만들기 때문이다.

하지만 다양한 생각을 가진 사람들과 복잡하게 얽혀져 살아가는 현대생활에서 항상 웃음과 미소를 잃지 않고 살기란 매우 어렵다. 마냥 좋은 사람으로만 인식되게 되면 때로는 자신 스스로가 상처를 받을 수도 있다.

분노할 일이 있으면 분노를 표출해야 한다. 가령 자신의 어린 자녀가 상습적으로 위험한 길가에 나가 노는 것을 고치려고 한다면 가능한 한 언성을 높여 노한 얼굴로 엄하게 야단을 쳐야 효과적인 것처럼 나와의 이야기에서 당신이 분노를 느끼면 적당히 그 분노를 표시해야 한다.

상대방에게 인신공격을 가하지 않으면서 자신의 분노를 표현하는 것은 당신의 권리이며 이때의 감정을 효과적으로 사용하는 것은 매우 중요하다. 특히 화를 꾹꾹 눌러 참기만 하는 것은 정신건강에도 좋지 않을 뿐더러, 때로는 자신의 주장이 관철되기는커녕 피해를 입기가 십상인 것이다.

분노 또는 웃음으로 자신의 감정을 표출할 때는 강하게, 자신있는 자세와 몸짓으로 당당하게 말하고 적극적으로 반응하게 되면 불안, 긴장 및 속병을 피할 수가 있다.

인간의 행위는 말과 함께 확실히 본심을 표출해내는 수단이므로 타인을 의식해서 '희노애락'의 감정을 속으로 억누르고 있는 것은 자신의 건강뿐만 아니라 사람들과의 관계유지에도 바람직하지 않다.

사람의 마음을 움직여라

사람은 자존심을 가진 동물이기 때문에 자존심에 상처를 입게 되면 상대가 아무리 옳은 말을 하더라도 받아들이려 하지 않는다. 자존심은 자신의 잘못으로 인한 실수나 실패조차 합리화하려고 할 만큼 강력한 것이다. 이렇게 자존심은 도덕적인 면에서나 능력의 면에서 자신이 남보다 낫다고 하는 의식의 바탕 위에 존재한다.

그러므로 사람의 마음을 움직이게 하려면 먼저 누구를 만나든 자신과 만나는 사람들에게 피해를 주지 않겠다는 생각을 해야 한다. 자신의 이익이나 특정한 목적을 가지고 관계를 맺고자 한다면 인간관계가 지속되기 어렵다. 따라서 자신이 상대방에게 피해를 주지 않겠다는 확고한 신념이 수반될 때 사람을 대하는 행동도 따라 변한다.

과거에 인간관계에서 피해를 입었고 정당한 대우를 받지 못했다면, 다른 사람에게 책임을 돌리지 말고 자신이 그렇게 허용했다는 사실을 인정해야 한다. 오히려 솔직하게 자신의 잘못을 인정하게 되면 상대방이 긍정적으로 생각하게 된다.

내가 긍정적일 때 상대방도 마음의 문을 열 가능성이 더 많은데, 말 대신에 행동으로써 반응하게 되면 효과적이다. 물론 긍정적인 방식이라고 해서 무조건 자신의 잘못을 인정하라는 것이 아니다. 다만 상처받기 쉬운 인간의 감정을 생각하라는 것이다.

어떤 사람들은 옳은 말이므로 칼로 무 베듯 날카롭게 말해 버려야 한다는 의견도 있다. 그러나 이러한 태도는 사회생활에 있어서 마치 폭탄을 안고 불 가까이 가는 것처럼 위험한 일이다.

지금까지 많은 사람들은 한 마디 말을 그르쳐 구제할 길이 없을 만큼 인간관계를 망친 일이 많았을 것이다. 상대의 마음에 상처를 주는 쓰라린 말일수록 가슴에 못이 박히지 않도록 주의해야 하며, 가능하다면 날카로움을 피하고 부드럽게 표현하는 것이 상대의 자존심을 상하게 하지 않고 마음을 움직이게 하는데 도움이 된다.

표정이나 행동을 주시하라

마음의 변화는 얼굴로 나타나기 때문에 지금 상대방이 어떠한 감정 상태에 있는지는 그 사람의 표정을 보면 판단할 수 있다.

사람은 어떤 자극을 받으면 일정한 말이나 행동으로써 반응을 나타낸다. 사람의 마음을 직접적으로 알 수가 없는 것은 마음은 눈에 보이지 않기 때문이다.

상대방이 무의식중에 내뱉는 말이나 사소한 동작, 태도, 표정 등을 통해서 그의 생각을 짐작할 수 있을 뿐이다.

인간의 감정은 얼굴만이 아니라 신체 전체의 움직임에도 나타난다. 그래서 상대방의 감정을 읽으려면 얼굴 표정의 변화도 중요하지만 신체동작에 주목하는 편이 좋다.

상대방이 어떤 말이나 행동을 해도 그저 좋은 표정을 하는 사람들을, 때로는 마냥 좋은 사람으로 알고 이용하거나 무시하는 경우가 있다. 따라서 예기치 못한 피해를 받지 않도록 때로는 확신에 찬 말과 확고한 행동을 보여야 한다.

다시 말해서 가해자들을 놀라게끔 할 수 있는 새로운 행동을 의식적으로 생각해서 실천할 필요가 있고, 가능하면 자신에게 괴로움을 주는 사람을 피하는 것이 사람과의 관계에서 사전에 갈등을 줄여나가는 방법 중 하나다.

다만 이런 새로운 행동을 할 때는 당장 부딪치는 두려움에 물러서지 말고, 집요하게 끝까지 밀고 나가야만 '나는 더 이상 피해를 받지 않겠다.'는 메시지가 상대방에게 전달되고 더는 괴로움을 당하지 않는다.

가령 아무런 이유도 없이 당신에 대해 험담을 하는 사람에게는 조용히 만나 당신에 대한 서운한 감정 등이 있었는지 대화를 나누고, 향후에도 이런 말들이 지속된다면 더 이상은 묵과하지 않겠다는 분명한 메시지를 전해야한다.

만일 대화를 통해 주의를 주었음에도 그가 무시한다면 이때는 행동을 취해야 한다. 만약 언제까지나 그대로 방관하게 되면 당신 자신은 물론 타인과의 관계에 악 영향으로 작용하게 된다.

자신이 스스로 행동에 옮기는 것이, 관계개선을 위해서라면 마냥 참는 것보다 효과적이다. 이처럼 인간이 자신의 마음을 표현하는 수단은 비단 언어나 표정, 태도, 행동만이 아니다. 이 모든 것을 종합하여 관찰해야만 사람의 마음과 반응을 정확하게 읽을 수 있다. 대인관계에서 먼저 상대방의 표정과 행동을 보고 대화를 하는 것은 좋은 관계를 유지하는 하나의 비결이 될 수 있다.

부정적인 표현은 관계를 망친다

어느 모임이나 단체를 막론하고 말문을 열기만 하면 부정적인 표현을 하는 사람들이 있다. "그걸 말이라고 하느냐?", "너무 시시해!", "절대 안 돼!", "그건 틀렸어!"와 같은 표현을 사용함으로써 다른 사람이 낸 의견을 부정해 버린다.

이러한 부정적 표현은 함께 자리를 한 사람들에게 나쁜 영향을 줄 뿐만 아니라 더 나아가 사람들의 자존심을 상하게 한다. 부정적 표현은 사람들의 자존심에 상처를 입히게 되고 자존심에 상처를 입게 된 사람들은 그와 친밀한 관계를 맺거나 유지하려던 마음도 닫아버리게 돼 태도는 굳어져 버린다.

이후에는 어떤 말을 하더라도 마음의 문을 열고 잘 받아들이려 하지 않는다. 그러므로 사람들과 좋은 관계를 유지하려면 불평하거나 슬퍼하는 듯한 부정적인 말을 쓰지 않도록 해야 한다.

또한 사람들에게 잘못 대우를 받고 피해를 입었다고 해서 남을 탓해서는 안 된다. 가령 "이 일은 그 사람 때문에 생긴 거야", "당신만 아니었다면 이렇게까지는 안 되었어", "할 수 없지", "난 잘 안 될 거야", "죽고만 싶어", "그 사람들이 나를 무시 하는군" 등의 부정적인 말은 쓰지 않는 것이 좋다.

그 대신 '그들이 나에게 이렇게 대하지 않도록 행동하겠어!', '내가 이렇게 된 것은 그런 일이 일어나도록 내가 허용했기 때문이야!'라는 사고방식이 자신의 피해자적인 입장을 바꾸어 주는 가장 강력한 방법이다.

아무런 행동도 취하지 않으면서 남들이 자신에게 더 이상 피해를 주지 않기를 기대하거나 막연히 일이 잘 되기만을 생각하면서 기다리지 말고, 남들이 자신에게 피해를 주지 않도록 하기 위해 당장 효과적인 행동을 취해야 된다. '시간이 지나면 모든 관계가 잘 되겠지.'라는 사고방식은 나중에 자신의 마음에 더 큰 상처를 입히게 된다.

또한 자신이 해야 할 책임이 없는 일이나 꼭 하고 싶지 않은 부탁을 해 올 때는 지혜롭게 거절해야 한다. 상사나 윗사람을 막론하고 누구라도 일면식이 있는 사람들의 부탁이라고 해서 늘 들어주게 되면 사람들에게 마냥 좋은 사람으로 호평 받을 수는 있어도 자신의 몸과 마음은 고달플 뿐만 아니라 사람들은 어느 순간에 자신을 심부름꾼으로만 생각하게 된다.

사람들과의 관계에서 이런 대우를 받지 않으려면 거절할 것은 확실하게 거절하는 것이 남들을 위해 항상 응해 주어야 하는 괴로움에서 해방되는 길이다.

말에 두려움을 갖지 마라

사람은 감정의 동물이기 때문에 자신의 의지와는 상관없이 타인의 험담이나 욕설로 인해 받은 피해를 생각하다 보면 얼굴이 붉어지지 않을 수 없다. 이런 반응은 지극히 당연한 것이므로 자신의 새로운 행동 때문에 상대방에게 미안하다는 생각을 가질 필요가 없다. 이때 상대방이 실망하거나, 간청을 해오거나, 화를 내더라도 동요해서는 안 된다.

상대방이 들을 용의가 있는 한, 왜 그런 단호한 행동을 갑자기 취하는지 부드럽지만 단호하게 설명해 주면 된다.

마음이 약하다는 것을 이용해서 자신의 말을 들어주지 않으면 재미없다는 식의 협박을 하거나 피해를 강요하는 사람들은 상대방이 대응하는 태도를 보고 그런 식의 위협을 한다. 이러한 위협을 두려워하면 피해자의 입장을 영영 벗어나기 힘들다.

인간관계가 단절되더라도 이런 말을 하는 사람들에게는 끝까지 자신의 주장을 단호하게 말해야 한다. 버럭 화를 냄으로써 스스로 피해를 가중시키지 말고, 앞에서 말한 바와 같이 부드럽지만 단호한 태도를 보여야 한다.

어떤 위협의 말에도 두려워하지 않고 태도가 확고하다는 것을 알게 되면 상대방의 태도도 달라지기 마련이고 더 이상 만만하게 보지 않는다. 상대방이 무안을 당했거나 불쾌하게 여겼다면 나중에 "미안했다."고 정중하게 말해 주면 충분하다.

웃음이 명약이다

요즘처럼 각박한 세상에 웃음만큼 효과적인 것은 없다. 하지만 아무리 주변을 둘러 봐도 웃어야 할 일들이 별로 없다. 매일 접하는 뉴스를 보면 참으로 황당한 일들뿐이다.

자신이 배 아파 낳은 아이를 학대해서 사망하게 만든 엄마가 있는가 하면 부모를 폭행하는 자식들도 있고, 자신의 이익을 위해 일면식도 없는 사람을 죽이고 방화를 하는 사람, 과속이나 졸음운전으로 정상운행을 하고 있는 사람의 차량을 추돌해서 사망케 하는 등 온통 우울한 이야기들뿐이니 웃고 싶어도 웃을 수가 없는 요즘이다.

거기다 200여년만의 무더위로 기록되었던 1994년도에 못지않게 2016년 8월의 폭염이 연일 계속되어 잠 못 이루니 그야말로 피곤과 짜증이 몰려온다. 이런 때에는 사람을 만나는 것이 두렵지만 사람 사는 세상에 안 만나고 살 수는 없다. 그래서 이럴 때일수록 웃음은 사람과의 관계에 활력소가 된다. 그런데 이런 웃음에 더해 사람 사는 재미를 다른 사람에게 주는 일은 상대방에 대한 배려와 정성 그리고 상당한 노력 없이는 어려운 일이다. 남을 웃기는 직업을 가지고 사는 개그맨이 영화배우보다 3년 이상 먼저 사망한다는 조사를 보면 남을 웃기는 것이 쉬운 일이 아님을 알 수가 있다.

세계적인 '성공학의 대가'인 브리이언 트레이시는 "성공의 85%는 인간관계에 달려 있으며, 훌륭한 인간관계를 만드는 핵심은 바로 웃음이다."라고 강조하였고, 인도철학자 오쇼 라즈니쉬는 "웃음은 어떤 핵무기보다도 강하다."라고 했다.

이처럼 웃음은 대인관계에 있어 상상할 수 없는 커다란 결실로 돌아오는 것을 알 수가 있는데, 여기서 중요한 것은 상대방의 농담이 별로 재미없더라도 함께 웃어줄 줄 아는 아량이 의외로 관계를 아주 친밀하게 만들어 주는 계기가 된다는 것이다.

의학적으로 웃음은 혈액순환 개선과 호르몬 분비 촉진효과로 면역체계를 강화시키고, 혈압과 혈당 개선, 통증과 긴장완화의 효능이 있다고 알려져 있으니 그야말로 성인병에는 웃음이 만병통치약인 셈이다.

이와 같이 웃음은 대인관계에 있어 명약이니 오늘도 누구를 만나든 활기차고 건강한 웃음을 선사하는 한편, 다른 사람이 웃음의 선물을 주면 기꺼이 받아 함께 큰 소리로 즐겁게 웃어줄 수 있다면 멋지고 좋은 관계를 맺을 수 있다.

제4부

교섭의 성공 테크닉

스피치로 교섭력을 높여라

사회생활 속에서 사람들이 일생을 통해 자신의 영역을 개척하고 삶의 목표를 이루어 나가는 데 혼자의 힘만으로 가능한 일은 그리 많지가 않다. 이 과정에서 어떤 뜻하는 바 일을 성취해 내기 위해서는 서로 의논하고 절충해가는 과정이 필수적으로 일어나게 되는데 이를 '교섭'이라고 한다.

교섭은 정치가나 사업가 또는 조직체의 실무자뿐만 아니라 개인이 목표를 실현해가는 과정에서 예외 없이 마주치게 되며, 이 교섭의 한 순간을 어떻게 성공적으로 타결해 가는가 하는 것이 곧 승부와 직결되고 삶의 성공을 좌우한다.

이런 '교섭술'에 대하여 서양은 오래 전부터 민주주의의 발달로 횡적인 인간관계가 성립됨에 따라 생활자체가 개방적이고 외향적인 면이 많아 사람들과의 관계에서 함께 논의하고 자신의 견해를 드러내면서 뜻하는 것을 이루어나가는 것이 자연스럽게 습관화 되어 있다. 이들은 어려서부터 이미 말이라고 하는 언어수단을 합리적으로 사용할 수 있는 스피치를 활용해서 교섭과 협상을 해 왔다.

반면에 동양은 근대에 이르기까지 왕권 정치로 인한 종적인 사회 여건 속에서 살아왔기 때문에 서양인들에 비해 생각을 말로 표현하는 데 부자연스러웠고, 일상생활 속에서 교섭력이나 협상력이 떨어진다.

이는 과거의 역사적인 흐름으로 인해 어쩔 수 없다 하더라도 고도성장의 국제화 시대를 맞아 사회적, 국가적 모든 관계가 계약으로 이루어져 있는 오늘의 현실에서는 성공적인 삶을 위해서 반드시 익혀 두지 않으면 안 되는 것이 바로 이 '교섭술'이다. 이와 같이 교섭은 인생의 성공을 좌우하거나 개척해 나가기 위한, 인간의 모든 예지와 지식, 경험, 열정을 포함하는 고도의 기술을 필요로 하게 되는데 이때 스피치는 교섭력을 높이는 매우 중요한 역할을 한다.

유리한 요일을 선택하라

독일의 외과의사인 빌헬름 플리스는 생명과 관련된 모든 현상이 두 개의 근본적인 주기로부터 결정된다고 하는 '주기이론'을 여러 논문과 책들에서 다루었던 학자로 알려져 있다.

그는 1906년 『생명의 리듬』이라는 저서를 통해 인간 감정의 진폭은 생물학적 현상의 두 주기로부터 설명된다는 이론을 다루고 있다. 여기서 감정의 진폭이란 감정이 좋아졌다가 다시 나빠지는 그리고 다시 또 좋아지는 그 주기를 말하는 것이다.

감정의 상태는 남성과 여성이 서로 다르며 남성은 평균 23일, 여성은 28일이다. 이 두 주기에 '지성주기'라는 세 번째 주기를 덧붙여 설명하고 있는데, 지성주기를 33일로 설명하고 있다. 이것은 평균 일수이므로 사람에 따라 2~3일씩 차이가 나는 수도 있다.

남성주기 23일은 육체적 힘, 확신, 공격성, 인내 등과 같은 남성스러운 부분을 지배하는 것이고, 여성주기 28일은 감성, 직관, 창조성, 사랑, 협동, 쾌활함 등과 같은 여성스러운 부분을 지배하는 것을 말한다. 지성주기 33일은 지능, 기억, 집중 등을 지배한다는 이론인데 이것이 바로 바이오리듬이다.

이 바이오리듬에 따르면, 이 세 주기가 플러스일 때에는 관련된 감정이 고조기이고, 마이너스일 때는 퇴조기라고 설명하고 있다. 즉, 이 주기에서 사람은 상승 커브를 달리기도 하고 하강 커브를 달리기도 한다.

그렇다면 어떤 시기에 교섭을 하면 좋을까? 적어도 자신은 어찌되었든 상대방이 상승 커브에 있을 때 교섭하는 것이 효과적이다. 상승 커브일 때는 몸 컨디션이 좋고 본래 내성적인 사람도 약간은 사교적이 된다. 또한 남과 대화하는 것이 기쁘고 또 상대의 의견도 잘 받아들이게 된다. 하강 커브일 때는 반대로 말이나 태도가 부드럽지 못하고 타인의 의견에 대해 비판적이거나 무관심하게 된다.

이런 감정의 주기를 다시 세분하여 보면 우선 일주일 안에서는 감정의 상태가 월요일이 최저로 떨어지는데 우리가 흔히 경험하는 월요병이 여기에 해당한다. 우리 몸은 주말의 휴식으로 인해 육체의 근육이 이완되어 있어 몸이 나른하여 기분이 안 좋은 상태가 되기 때문이다. 화요일에 다소 상승하나 완전한 상태는 아니며 서서히 상승하는 과정으로 두뇌와 육체를 좀 더 회전시켜야 완전해진다.

수요일이 감정의 주기가 최고조에 달하면서 가장 컨디션이 좋은 날이다. 일요일에 나태해졌던 리듬이 월요일과 화요일을 거쳐 이때쯤 되면 회복되고 머리와 마음이 알맞게 트레이닝 되어 타인의 이야기를 받아들이기 쉬운 상태로 두뇌의 회로가 흐르기 때문이다.

이때 바이오리듬의 주기가 최고조에 달하면서 다시 하강하게 되어 있는데 목요일과 금요일은 다시 내려갔다가 토요일에 다시 올라가나 그것도 월요일 수준밖에 되지 않는다.

이런 감정의 진폭으로 볼 때에 교섭을 잘 진행시키고 성공으로 이끌어 내기 위해서는 수요일이 좋다는 것을 알 수 있고, 같은 수요일이라도 세 번째 수요일이 가장 좋다.

시간을 잘 선택하라

어떤 일을 이루기 위하여 서로 의논하고 절충하는 데도 여러 가지 성공 조건이 있게 되는데, 먼저 상대방의 경계심을 해소시켜 주는 일이 필수다.

첫 대면에서는 아무리 부드러운 화제를 제기한다 하더라도 크건 작건 서로에게 경계심을 갖게 된다. 이런 경계심을 최소화시킬 수 있는 방법 중 하나는 최대한 밝은 표정으로 이야기를 하는 것이고, 그렇게 하는 것은 상대에게 깊은 영향을 줄 뿐만 아니라 안정적인 교섭을 가능하게 한다.

또한 교섭의 조건 중 하나로 시간을 생각할 수 있는데, 그 이유는 시간이 인간의 심리와 밀접한 관계가 있기 때문이다. 하루 24시간 중에 교섭의 골든타임은 점심 후 13시부터 15시 사이라고 한다. 13시 이후에는 사람들이 점심식사를 하고 나서 만족감이 있는 시간으로, 마음의 휴식을 통해 편안한 마음을 갖게 된다. 그러나 이 시간대 중에서도 13시는 식사 직후라 너무 빠르고 15시는 식사 한참 후라 너무 늦어서 그 중간인 14시가 최적의 교섭 타임이라고 할 수 있다. 공적이거나 사적인 활동에서 이루어지는 각종 만남이나 워크숍,

회의 등이 14시에 정해지는 이유가 여기에 있다.

물론 아침이나 저녁 시간대에도 상황에 따라 교섭을 할 수가 있지만 아침식사나 저녁식사 후는 소중한 자기만의 시간일 수 있으므로 가능한 피하는 것이 좋다. 아침 시간대에는 몸과 마음이 바쁘고, 오후 시간대에는 한낮의 피로가 모두 누적되어 있는 시간이어서 원만한 교섭이 어렵다.

하루 시간대 중 사람의 마음이 가장 불안정한 시간은 밝은 낮에서 어두운 밤으로 변화해 가는 시간이다. 계절에 따라 다소 시간의 차이는 있으나 대체로 16시부터 18시까지 시간대에는, 개인적인 차이가 있지만, 사람들의 심리상태가 불안정해지고 공연히 흥분하기 쉽고 경계심도 강해지므로 교섭의 시간으로는 피하는 것이 좋다.

적당한 장소가 필요하다

교섭은 사람과 사람 간에 발생하는 인격적 행위로 대화를 통해 목적하는 바를 얻고자 하는 것이다. 때문에 심리적으로 안정감을 주고 대화하기 좋은 장소라야 교섭에 성공할 수 있다.

과거에는 교섭 장소로 다방을 자주 이용했지만 지금은 적절한 장소라고 볼 수가 없다. 물론 사람마다 선호하는 장소가 다르지만 잘 조화된 실내장식과 밝지도 어둡지도 않은 아늑한 조명, 대화하기에 지장이 없을 정도의 조용한 음악이 흐르고 안락함을 느낄 수 있는 의자가 있는 곳이라면 교섭하기에 적당한 장소라고 할 수 있다.

우리가 교섭을 하는 이유는 내가 원하는 것과 상대가 원하는 것의 가치가 자신의 입장에서 동등한 것인지를 생각하며 이야기를 하고, 이야기를 듣는 것이므로 교섭을 좀 더 활기차게 진행하려면 음악은 없어도 리듬은 필요하다.

리듬적인 환경을 만들고 이에 편승함으로써 쌍방의 마음속에 공통적인 리듬을 울리게 하려는 것이다. 서로에게 그 리듬이 이야기의 지휘자가 되어 화합의 합창이 이루어지게 하려는 것이다.

사람들이 교섭 장소로 파도 소리가 들리는 바닷가의 호텔이나 별장을 이용하는 것도 파도 소리가 훌륭한 리듬이 되기 때문이다.

지금은 스마트폰이 있어 똑딱똑딱 소리를 내는 추가 달린 시계 같은 것을 잘 사용하지 않지만 이런 시계소리로 리듬을 조성해 주면 교섭을 위한 대화가 훨씬 더 부드럽게 진행될 수 있다.

필요한 공간과 거리가 있다

사람들은 자신의 개인공간을 다른 사람이 사전에 양해를 구하지 않고 침입하면 매우 불쾌해 한다. 이는 누구나 자기 방어적인 본능을 가지고 있기 때문이다.

미국의 문화 인류학자이자 『침묵의 언어』의 저자인 에드워드 홀은 사람을 둘러싸고 있는 공간을 밀접 거리, 개체 거리, 사회 거리, 공중 거리 등 네 개의 거리로 나누어 설명하고 있다.

먼저 밀접 거리란 자신의 손이나 발이 상대방 몸에 닿을 수 있는 거리, 즉 애무하고, 보호하고, 싸우는 등 피부가 맞닿을 수 있는 공간을 말한다. 부모 자식 간이나 연인 사이에서 흔히 볼 수 있는 공간이고 초면인 사람이나 친하지 않은 사람에게는 쓰이지 않는 거리이다.

개체 거리는 상대방과 서로 대화를 주고받는 거리로 우리들이 일상생활에서 가장 많이 이용하는 공간에서 이루어진다.

다음으로 사회 거리란 형식적인 성격의 공간에서 나타나는 거리로 업무나 회의, 토론 석상에서의 거리이다.

마지막으로 공중 거리란 자신이나 상대방에게 직접 교섭이 없어 직·간접적으로 영향을 미치지 않는 거리이다. 따라서 교섭에 필요한 공간은 밀접 거리나 공중 거리는 해당되지 않고, 사회 거리와 개체 거리가 교섭의 진행에 적당한 거리에 해당된다고 볼 수 있다.

일본의 심리학자인 사리이시 다카시는 "개인의 공간은 일반적으로 타원형을 형태로, 앞을 긴지름으로 하여 전·후로 이루어지고 좌·우는 상대적으로 짧은 공간을 둔 타원형의 형태를 하고 있다."고 말했다. 하지만 개인의 친밀도에 따라 이 공간은 매우 탄력적이라고 말하는 심리학자도 있으며, 심리적 안전 공간을 지켜주는 것은 교섭 시 지켜야할 기본적 예의이고 전략이라고 할 수 있다.

사회 거리		개체 거리	
구분	거리	구분	거리
가까운 거리	2미터	가까운 거리	0.75미터
		중간 거리	1.25미터
먼 거리	3미터	먼 거리	1.55미터

통상적으로 초면의 교섭 상대는 사회 거리 중 먼 거리를 택하며 이때 상대방과의 앉는 거리는 3미터로 한다. 이 거리를 염두에 두지 않고 가까운 거리를 유지할 경우 교섭 첫머리에서 대화가 막히는 현상이 발생하게 된다.

대화를 주고받는 과정에서 서로간의 긴장이 풀리고 교섭이 점진적으로 진행된다고 판단되면 자연스럽게 사회 거리 중 가까운 거리인 2미터로 거리를 좁힌다. 보통 여기에서 첫 번째 교섭은 끝나게 되는데, 이 거리에서는 개인적인 이야기는 하지 않고, 용건만을 이야기 해야 하며, 대개 어느 한 편이 일방적으로 이야기하는 거리이다.

첫 번째 교섭에서 대화가 끝나면 두 번째 만남에서는 사회 거리 중 가까운 거리인 2미터 거리에서 대화가 진행된다. 사람들은 이 두 번째 만남으로 인해 서로 간에 친밀감도 생기고 긴장도 완화되어 대화가 활기를 띄게 된다.

이런 상태가 되면 곧 개체 거리인 1.5미터 내로 근접하게 되고 여기까지 오면 이야기를 계속 주고받는 대화 형식이 취해지면서 대화자의 얼굴이 붉어지고, 성취 의욕이 왕성해진다. 여기서 상대방과의 거리를 다시 1.25미터까지 좁힌다.

이 거리에서 마주 앉으면 상대방의 표정의 변화를 샅샅이 살필 수 있고 숨소리까지도 들을 수 있다. 치열했던 주도권 싸움이 서서히 판가름 나기 시작하고 모든 경계심 해소로 긴장감도 없어지면서 이제 교섭을 매듭지어야 되겠다는 생각만이 남는다. 이때 상대방과의 거리를 개체 거리 중에서 가장 대화에 근접한 0.7미터로 좁히게 되는데 이를 친밀대 공간이라고 한다.

일본 도쿄대 교수이자 심리학자인 니시대는 친밀감에 따라 허용하는 거리를 다섯 가지로 나누고 있는데, 이 중에 상대방과 친밀감의 근접거리를 1.5미터에서 3미터로, 대화거리는 0.5미터에서 1.5미터라고 말하고 있다.

인류의 역사를 변화시킨 크고 작은 사건과 중요한 국가 간의 외교에서부터 모든 비즈니스 상의 계약 체결, 세일즈맨의 판매 성공, 남·여 간 애정의 시작까지도 바로 이 친밀대 공간인 0.7미터 거리에서 이루어지는 것이다.

친밀대 공간은 서로가 상대방을 이해하고 받아들이는 최상의 교섭거리인 셈이다. 이처럼 대화에서 적정한 공간과 거리는 교섭을 이어가는 데 중요하다.

마음에 울림을 줘라

대화를 하다보면 유난히 목소리 톤이 높은 사람이 있다. 이런 사람들은 보통 평소에도 말투가 거칠 뿐만 아니라 처음 만나서 대화하는 사람들에게는 무척 당황스럽고 불쾌감을 주기도 한다.

그저 떠들고 노는 자리가 아닌 서로가 이야기를 주고받는 자리라면 평소보다 낮은 음성으로 말해야 한다. 낮은 소리는 큰 소리 보다 마음에 울림을 주고 상대방의 감성을 자극하면서 가슴에 스며든다. 어머니의 사랑이 평생을 두고 가슴에 남는 것도 아주 어릴 때 어머니가 모유를 먹이면서 불러주던 자장가 소리가 마음속 깊이 스며있기 때문일 것이다.

만물이 잠들어 있는 고요한 새벽에 창문을 열고 반짝이는 별빛을 바라볼 때 멀리서 들리는 은은한 종소리는 가슴에 깊은 울림을 주는데 이런 소리를 듣지 않으려는 사람은 아무도 없을 것이다.

교섭을 위한 스피치에서도 이런 종소리처럼 낮고 울림이 있는 소리로 말하면 틀림없이 상대의 마음을 뚫고 들어간다. 제 아무리 교섭에 자신감을 갖는다 해도 찢어지는 듯한 고음의 소리를 가지고는 상대방에게 불쾌감만 줄 뿐이다.

낮은 소리를 내려면 목으로 소리를 내지 말고 배와 가슴으로 소리를 내야 한다. 그러기 위해서 호흡은 복식호흡을 하는 것이 원칙이다. 교섭에서 이기려면 복식호흡을 통해서 낮으나 힘 있는 음성을 갖도록 훈련해 두는 것이 좋다.

보통 1분에 240자 정도를 말할 수 있는 빠르기로 말하는 것이 가장 듣기가 좋다. 이것을 기준으로 할 때 1분에 200자 정도를 말할 수 있는 속도로 말하는 것은 약간 느린 편이며, 260자 이상을 말할 수 있는 속도로 말하면 대단히 빨리 말하는 것이다.

교섭에서의 스피치는 1분에 240자 정도를 말할 수 있는 속도, 즉 보통보다 약간 빠른 속도로 말을 하다가 중요한 포인트나 강조점에 가서는 의식적으로 천천히 말하는 것이 기술이다.

'말은 생각하는 도구'라고 한다. 말을 빨리 하는 사람은 자신이 하고 있는 말을 듣지 않기 때문에 깊이 생각하지 않고 말하고 있는 것이다. 교섭의 중요한 순간에 조건반사적으로 말이 나오게 되면 실패를 자초하게 된다.

낮은 음성으로 말하면서 강조점은 천천히 그리고 힘 있게 말한다면 교섭에 성공할 확률이 높아진다. 이처럼 스피치는 교섭을 하는데 있어서도 실패와 성공을 좌우한다.

제5부

설득의 성공 테크닉

스피치를 도구로 활용하라

설득은 설득자가 원하는 방향으로 다른 사람이 행동하게 하는 힘을 지닌 커뮤니케이션이다. 한마디로 설득은 논리적이고 지성적인 호소와 도덕적인 관심을 사용하는 비폭력적인 수단이라고 할 수 있다.

PR에서는 설득을 그 노하우의 요소로 삼고 있으며, 언어문장에 의한 민주적 해결의 수단을 지니고 있기 때문에, 설득은 인간의 동기를 자극시켜 어떠한 사상이나 행동을 자기가 의도하는 대로 전환시키기 위한 의식적인 시도라고 말할 수가 있다.

지나온 과거로부터 현재까지 삶의 과정 속에서 설득은 이미 인간생활의 일부분이 되었다고 해도 지나친 말은 아니다. 설득의 성공여부에 따라 사업에 성공과 실패가 뒤따르고 삶의 행복과 불행까지도 결정되기 때문이다.

협상은 사적이든 공적이든 어떤 목적에 부합되는 결정을 하기 위해 의논해 가는 과정에서 서로 윈·윈 할 수가 있지만 설득은 자신은 아무것도 안주고 일방적으로 상대방에게서 이익을 취하는 행동이라 할 수 있다. 그러므로 설득은 힘의 정복이 아닌 지적 능력의 승복인 것이다.

역사상 많은 위인, 성인, 학자들도 대중에게 자기 의견과 이론을 주장하여 자기 뜻을 세상에 펼치고자 할 때 설득의 스피치를 활용하였던 것이다.

프랑스의 철학자인 파스칼은 "지(智)로 이기는 것이 제 1이요, 위엄으로 이기는 것이 제 2요, 무기를 사용하는 것이 제 3이요, 성(城)을 공격하는 것은 최하의 방법이다. 결국 싸우지 않고 상대를 항복시키는 것이 최상의 방법이다."라고 말했다. '싸우지 않고 이기는 것', 그것이 곧 설득이며, '설득술'이야말로 타인과의 경쟁에서 이길 수 있는 최고의 무기인 것이다.

그리스의 철학자였던 아리스토텔레스는 설득에 대해 설득자의 인격과 상대방의 감정 충동 및 상황에 적합한 언어 사용을 강조하고 있다.

설득은 설득자의 인격과 스피치로 인해 큰 영향력을 미치게 되는데, 설득자의 인격이 민주적이고 성실한 자세가 갖추어져 있을 때 설득의 진의가 더 잘 반영된다고 할 수 있다. 이처럼 교섭과 협상의 경우보다는 상대방을 설득하는 경우에 스피치는 더 중요한 도구 역할을 한다.

경계심을 해소하라

인류가 원시인일 때 사냥은 생존의 수단이었다. 오늘날 현대인의 행동 상당 부분이 수십만 년의 세월을 살아왔던 원시 수렵시대의 상징적 대체물이다. 이처럼 인간은 원시 수렵생활을 통해 먹고사는 문제로 끊임없이 누군가와 경쟁하면서 경계심을 가지고 나름대로의 자존심을 지켜온 동물이다.

이런 본능은 쉽게 변하지 않기 때문에 사람은 자기 능력의 크고 작음에 대해 생각하기 전에 먼저 자신의 자존심과 위신을 생각하고 항상 경계심을 가진다.

설득에 있어서도 경계심은 문제가 되는데 그 이유는 아무리 옳은 말을 하더라도 상대가 잘 받아들이지 않기 때문이다.

인간은 누구나 다 자기 중심적이고 이기적인 사고를 가지고 있기 때문에 다른 사람의 뜻대로 움직이려 하지 않는 본능이 있기 마련이다. 그러므로 자신과 잘 아는 사람이라고 해서 쉽게 설득하려고 하면 실패하고 만다.

같은 직장이나 단체에서 같은 목적을 가지고 일하고 있는 사람일지라도 누구나 설득 당하지 않으려고 약간의 경계심은 다 가지고 있다는 것을 전제로 해서 설득에 임해야 한다.

무엇보다도 모르는 사람과의 사이에서 경계심은 더 크게 작용한다. 이는 아는 사람보다는 처음 만나는 사람과의 사이가 어색하고 긴장이 되기 때문이다. 인간은 자기 보호의 본능이 있으므로 마치 가면을 쓰고 무대에 나선 배우와도 같이 처음 만난 사람을 대하면 자기의 생각은 깊은 내면에 감추어 두고 겉모습만 내민다.

상대가 자신의 꾸밈과 가식을 벗고 실체를 드러낼 때까지 우리는 상대를 잘 모르기 때문에 실체를 드러내지 않는 그런 상태에서 설득하려고 하는 것은 어리석은 일이다. 처음 만난 사람은 누구나 경계심이 강하다는 것을 꼭 알고, 빨리 그 경계심을 해소시키도록 노력해야 한다.

상대방에게 말하도록 하라

사람은 어떤 자극을 받으면 말이나 행동으로 반응을 나타낸다. 이때 평소 안면이 있거나 아는 사람의 경우는 그 반응이 모르는 사람보다 적대적이지 않다. 하지만 사회생활을 통해 신뢰감이 형성되어 있지 않다면 경계심을 갖고 있게 마련이다. 따라서 안다고 해서 무조건 상대방이 자신의 말에 호의를 가지고 들어 줄 것이라고 생각하면 착각이다.

그렇다면 아는 사람의 경계심을 해소하고 마음을 열게 하는 방법은 없는 것일까? 가장 좋은 방법은 그가 경계심을 해소할 수 있도록 암시를 주는 것이다.

다른 날보다 표정이 밝고 행복해 보이도록 하면서 아주 기쁜 일이 있고 좋은 일이 있는 것처럼 행동한다. 설득에 있어 상대방에게 침울하고 심각하게 보이는 것은 금물이다. 무엇보다도 상대방이 자신의 이야기를 들으면 즐겁고 만족할 수 있다는 식의 암시를 주는 것이다. 가령 이런 식이다. "김 선생, 오늘 뭐 좋은 일이 있나?", "네, 있고말고요. 제 이야기 좀 들어보시겠습니까?" 이처럼 아는 사람에게 주는 기분 좋은 암시는 경계심을 해소하는 데 도움을 준다.

처음 만나는 사람과 대화하는 경우에는 자신도 긴장이 되지만 상대방도 긴장하기는 마찬가지다. 특히 자신이 원하는 바를 얻기 위해 상대방을 설득하려고 하는 경우에는 아는 사람보다도 심적 부담이 몇 배나 가중된다.

한편 상황에 따라서는 일면식도 없는 사람이 설득하기가 쉬울 수도 있다. 처음 만나 대면하는 것은 상대방도 마찬가지이고 긴장감도 동일하게 느끼기 때문에 그 자신도 자신 긴장을 풀고 싶어 할 수 있는 것이다. 그러므로 상대방보다 먼저 자신 쪽에서 긴장을 풀고 대화의 물꼬를 트면 되는데 이때 말을 길게 하지 말고, 짧게 말하면서 겸손하게 자신의 약점을 이야기한다.

예를 들면 "저는 이 지역이 처음입니다.", "저는 이런 자리가 처음이라 생소합니다. 잘못된 점이 있더라도 잘 부탁합니다."와 같이 말하거나 "이 지역에 오래 사셨습니까?", "이런 교육에 자주 참석하십니까?"와 같이 상대방이 자신 있게 답할 수 있는 질문을 한다. 또한 날씨나 매스컴에서 이슈가 되고 있는 화제나 상대방의 주변에 있는 물건, 즉 화초나 그림 또는 멀리 보이는 산이나 건강 등을 짧게 이야기하고 질문을 하는 식으로 해서 반드시 상대가 대답을 하도록 해야 한다.

상대가 잘 아는 이야기를 신명나게 말하도록 적절한 질문을 던지고 잘 들어주는 것이 가장 좋은 방법이다. 사람은 이야기를 많이 하게 되면 자연히 긴장이 풀리고 또 상대가 잘 들어주면 경계심도 해소된다.

이해와 설득은 다르다

이해와 설득은 대화로 하는 것이지만 화술만으로 사람을 움직이려고 해서는 안 된다. 말로만 사람을 움직이려고 하는 방법에는 명령이 있는데, 명령은 설득이 아니다. 설득은 상대방에게 어떤 사실을 이야기하여 납득시키고 찬동하게 하는 데 목적이 있다.

'인간은 감정의 동물이다.'라는 말처럼, 사람을 설득하기 위해서는 나의 감정을 전달하여 상대도 나와 같이 느껴 행동하게 해야 한다. 즉 상대의 감정이나 정서를 강하게 흔들어 나와 공감대를 갖도록 해야 한다.

또한 어떤 사실을 이해시킨다고 해서 설득했다고는 말할 수 없다. 상대방이 화자의 의도를 이해했다고 해서 전적으로 찬동하고 행동하는 것이 아니기 때문이다.

직장이나 조직의 상하 관계에서 상대방을 이해시킨다고 하면 상사의 입장에서 상하 관계를 그대로 유지하면서 이야기해도 무방하다. 이해시킨다는 것은 이성에 대해서 말하는 것이고 설득시킨다는 것은 감성에 대해 말하는 것이기 때문이다.

그렇다고 해서 처음부터 무조건 감정에 호소하는 듯한 말이나 목소리는 삼가는 편이 좋으며, 이해시키는 것과는 달리 설득은 정신적으로나 감정적으로 대등한 관계라는 입장으로 대해야 성공할 가능성이 높다.

심리상태를 활용하라

미국의 심리학자인 매슬로우는 인간의 욕구를 생리적 욕구, 안전 욕구, 소속 및 애정 욕구, 자존 욕구 등 5단계로 구분하였으며, 가장 고차원적인 상위 욕구를 자아실현 욕구로 보았다.

이 중에서 신체의 안전 욕구와 함께 심리적으로나 사회적으로 협박당하는 것을 피하려는 안전 욕구는, 불안한 것을 싫어하는 본능에서 비롯되는 것으로 누구나 갖는 것이다. 특히 인간에게는 삶과 직결되는 의·식·주의 안정을 원하는 본능이 강하게 자리하고 있는데 바로 이 본능을 이용해서 자신이 하고 있는 이야기가 상대방의 안전과 관계가 있다고 말하면 쉽게 설득 된다.

또한 설득에 있어서 상대방의 자존심을 유지하는 것이 매우 필요하다. 인간은 누구나 자존심을 가지고 있다. 자존심이 없는 사람은 없으며, 자기 자존심을 유지하려는 욕망도 강력한 인간 본능 중 하나다. 그러므로 자존심의 유지나 손상에 관한 문제에는 누구나 강력하게 대응하게 되며, 이처럼 자존심이 걸린 문제라는 것을 거론하면 누구나 쉽게 설득할 수 있다.

마지막으로 인간은 누구나 숭고한 것에 대한 동경심이 있다. 애국심, 거룩한 봉사 정신, 희생의 아름다움, 영웅적 행동들의 근원은 위대해지고 싶은 인간 본능이다. 이것은 대단히 강력한 것으로써 설득의 결과, 사람을 세뇌하여 돌이킬 수 없는 지경에 이르게 하기도 한다. 독일의 정치가이며 독재자인 아돌프 히틀러는 독일 국민의 애국심을 악용하여 전 세계를 참혹한 전쟁과 학살로 몰아넣었던 것이다. 이처럼 상대방을 설득하는 과정에도 심리적 상태를 활용하게 되면 매우 효과가 있다.

반대 의견을 받아 들여라

이 지구상에 존재하는 수십 억 인간의 생김새가 모두 다르듯이 각 사람의 생각이나 의견이 다른 것도 당연하다. 나와 다른 의견을 가만히 들어보면 내가 미처 생각하지 못한 부분을 배울 수 있고 의견을 주고받으면서 더 나은 방향으로 발전할 수 있다.

매일의 생활 속에서 누구나 반대되는 의견이나 생각에 마주치게 된다. 자신이 상대방을 설득하고자 대화를 하는 경우에도 반대 의견이 나오는 것은 자연스러운 현상이므로 불쾌해 하거나 걱정할 필요는 없다. 상대방의 반대 의견을 있는 그대로 받아들이면 된다.

반대 의견은 자연적인 것으로 상대의 의견이 반대일 경우에는 숨을 돌렸다가 "이런 건 어떻겠습니까?" 하고 상대방으로 하여금 의견을 말하게 한다. 자신의 의견을 정확하게 표현하는 것이야말로 의사소통을 잘할 수 있는 비결이라고 할 수 있으며, 효율적인 의사소통을 위해서는 내가 어떤 생각을 하고 있는지 상대방에게 분명하게 전달할 필요가 있다. 그러므로 반대 의견은 되도록 말하지 않는 것이 좋다. 다만 상대방의 입장을 이해하면서 생각을 바꾸도록 노력해야 한다.

그런데 불행하게도 우리는 반대 의견을 펴는 상대방에 대하여 자신의 의사가 관철될 수 있도록 하는 방법은 곧 상대를 굴복시키는 것이라고 생각한다. 사람들은 반대 의견을 반박해서 상대를 굴복시키려고 하지만 설령 굴복시킨다 해도 상대는 쉽게 응하지 않게 된다.

자신의 말이 반대와 반박을 받는 사람은 육체적으로 공격을 받을 때처럼 자신을 보호하려고 움츠리며 다시 상대를 공격한다. 반대로 상대방은 그런 말에 설득된다는 것은 항복을 의미한다고 생각하여 마음의 문을 굳게 닫아 버리고 아무리 좋은 생각도 받아들이려 하지 않는다.

이는 매우 잘못된 생각으로 이런 방법으로는 상대방을 절대로 설득할 수가 없는 것이다. 설득의 목적은 상대를 굴복시키는 것이 아니라 자신의 의견에 따르도록 하는 것이므로 상대를 굴복시켜서 원하는 바를 취하려 하지 말고 자신의 생각을 상대방이 공감하고 받아들이도록 하는 노력이 필요하다.

원리와 단계가 있다

메라비언 도표

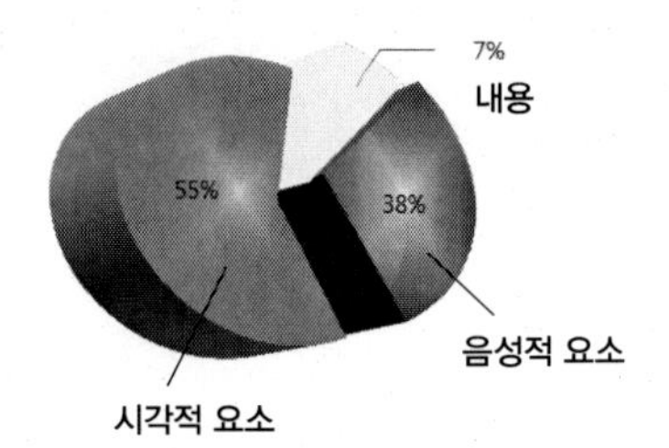

미국의 심리학자 메라비언의 연구 결과에 의하면 가장 훌륭한 설득을 결정하는 것에는 말의 내용과 음성, 태도가 있으며, 이 중 말의 내용인 언어가 7%, 말하는 사람의 음성인 청각이 38%, 한 사람이 상대방으로부터 받는 시각적 이미지, 즉 말하는 이의 진지한 태도가 55%를 차지한다고 한다.

시각적 이미지는 자세, 용모, 복장, 제스처 등 외적으로 보이는 부분을 말하며, 청각은 목소리의 톤이나 음색(音色)처럼 언어의 품질을 말하고, 언어는 말의 내용을 말한다. 이는 설득의 성공 요소에는 말의 내용과 직접적으로 관계가 없는 것들이 93%나 차지함을 뜻한다.

결론적으로 말의 내용도 중요하지만 말하는 사람의 솔직하며 진지하고 성의를 다하는 태도에 의해서 설득의 성공 여부가 좌우된다는 것이다.

이와 같이 설득에 있어서는 설득의 태도가 가장 중요한 것이다. 실로 입으로만 말하는 시대에서 온몸으로 설득하는 시대가 되었다.

설득에는 5단계 과정이 있는데 이것은 광고학에서 말하는 손님이 상점에서 상품을 보고 대금을 지불할 때까지의 과정을 교육할 때 흔히 쓰는 내용이며, 그것은 다음과 같다.

주의단계(지금 이 사람은 무엇을 말하는가?) → 흥미단계(재미있는데, 아, 이런 게 있었구나!) → 욕망단계(옳지, 그렇군, 나도 그러고 싶은 생각인데…) → 기억(인상에 남는데, 그럴듯한 이야기야!) → 행동(그래, 나도 해야겠다. 결정하자!)

이 과정은 사람을 설득하는 5단계를 설명하기 위하여 미국의 유명한 경제학자 앨런 몬로가 최초로 창안한 것이다. 이 방법은 세일즈맨이 고객을 찾아가서 상품을 설명하고 판매하는 전 과정에 가장 많이 쓰이고 있다.

자세가 중요하다

자신의 의견을 관철시키기 위해서는 우선 상대방에게 충분한 시간을 주고 먼저 말하게 하는 것이 좋다. 상대방을 설득한다고 시종일관 자신의 말만 하는 사람이 있는데 이는 잘못된 방법이다.

상대방을 설득하기 위해서는 상대에게 그의 의견을 먼저 말하게 하는 것이 순서이며, 이때 주의할 것은 상대의 의견에 반박하고 싶더라도 중간에 절대 말을 자르면 안 된다는 점이다. 상대방의 말이 끝나기 전에 이야기를 중단시킨다면 불쾌감이 더해져 대화는 더욱 어려워진다.

상대방이 자기 자랑을 많이 하도록 하고, 대화를 자신에게 유리하도록 전개하기 위해서 상대의 의견을 끝까지 들어줘야 한다. 또한 한 걸음 더 나아가 상대방의 의견 중 몇 가지를 되풀이해서 말해 달라고 부탁하고 더 말할 것은 없느냐고 묻는다.

많은 사람들이 자기의 이야기를 잘 들어주지 않는데 반하여 더 말해 달라고 하면 그는 상대가 자신에게 많은 관심이 있다고 생각하여 마음을 열어 놓게 된다. 사람은 하고 싶은 말을 다하고 나면 속이 시원해지며 말을 다한 사람은 기분이 좋아지고 들은 사람은 상대의 생각을 알 수 있다.

상대방이 질문을 하면 대답하기 전에 잠깐 사이를 둔다. 이렇게 하면 상대방은 자기의 질문이 중요한 것으로 받아들여졌다고 생각하게 되는데, 이 때 사이는 잠깐이어야 한다. 만일 사이를 오래 두면 확실한 대답을 망설이며 회피하려 한다는 인상을 주게 된다. 특히 상대방에게 반대 의견을 말해야 할 경우에는 반드시 사이를 잠깐 띄어야 한다. 상대가 질문하자마자 "No."라고 하게 되면, "당신의 의견은 일고의 가치도 없는 것이오!"라는 인상을 주기 때문이다.

우리가 설득을 하는 데 있어서 함정에 빠지기 쉬운 것은 자신의 생각은 완전히 옳고 상대방의 생각은 잘못된 것이라고 증명하려는 태도이다. 자신의 생각 중 일부만 옳을 수도 있고 상대방의 생각 중 한 가지만 잘못된 것일 수도 있으므로 별로 중요하지 않는 상대방의 주장은 인정해 주는 것이 좋다. 그러면 자신의 의견을 상대방도 일부 인정할 준비를 하게 되고 본론으로 들어갔을 때 상대방의 양보를 받아 낼 수 있다.

무엇보다도 상대방을 설득시키려면 부드럽고 정확하게 의견을 말한 다음에 "물론 내가 잘못 알고 있는지도 모른다."고 말해야 한다. 그럴 경우 분위기가 부드러워지고 상대방은 주장하는 사람을 보고 겸손하다고 생각하여 내용에도 공감을 할 것이기 때문이다.

인간은 자기의 의견이 반대를 받으면 그것을 억지로 납득시키려고 열을 내고 큰 소리로 혹은 강압적으로 말하게 된다. 그렇게 하는 것이 효과가 있는 것처럼 보일 수도 있지만 상대방은 절대로 의견에 따르지 않으므로 상대방을 설득시키려면 부드러운 음성으로 정확하게 말해야 한다. 상대방의 능력을 인정해주고 충분하게 우월감을 표현할 수 있도록 하면서 자신의 의견을 말한다면 좋은 결과를 얻을 수 있다.

상황에 맞게 하라

상대방을 설득하기 위해서는 공통된 관심사를 찾아 상대방의 수준에 맞추는 노력이 필요하지만 우리가 만나는 사람은 저마다 고유의 개성을 지니고 있기 때문에 생각처럼 쉽지가 않다.

평생 회사 생활만 한 샐러리맨에게 올해 농사 작황이 어떻고 내년에는 배추를 심어야 돈을 벌 수 있다는 말을 하는 것은 의미가 없다. 대학교수가 노동자를 설득하기 힘든 것도 교수의 설득법이 노동자에게 맞지 않기 때문이다.

현대사회는 정치인, 학생, 여성, 직장인, 공직자, 노동자, 상인, 농민, 자유직업인, 남녀노소 등 생각과 직업이 서로 다른 사람들이 함께 어울려 살고 있다. 그러므로 상황에 맞고 자리에 어울리는 대화를 하는 것은 속없고 줏대 없는 사람이나 하는 짓이라는 생각을 버려야 한다.

설득하려는 사람은 항상 자신의 폭을 넓혀서 그 대상을 이해하고 그들의 지식수준과 사고방식, 행동양식에 맞게 이야기하여야 한다. 설득은 상대방이 이해하고 공감해야 하므로 상대방의 수준에 맞게 이야기하면서 그 요구에 맞추는 것이 관건이다.

상대방의 요구, 즉 생명, 재산, 건강, 가정과 관계가 있는 것 혹은 성공이나 출세와 관계가 있는 이야기 등을 가지고 설득에 임하는 것이다. 이런 화제를 싫어하는 사람은 없기 때문에 설득의 대화 중에 이와 같은 화제를 함께 이야기하거나, 아니면 상대방이 인격적으로 존경하거나 잘 알고 있는 훌륭한 사람을 대화 속에 끌어들이면 효과가 크다.

"사실은 여러분이 잘 아시는 ○○○ 선생도 저와 같은 견해입니다." 와 같은 말을 들은 사람은 "그래? 그 분의 생각도 그렇다면…" 하고 협조하는 쪽으로 마음이 기운다. 사람은 사회적 동물이므로 여론을 두려워한다. 여론은 대세이기 때문에 거역할 수 없는 것이다. "지금 세평은 어떠어떠하다. 여론은 이런 것이 아니다." 하고 말하면 거의 저항하지 못하고 수그러든다.

특히 정치인은 말할 것도 없고, 사회 지도층도 물론이거니와 평범한 사람들도 너 나 할 것 없이 여론 앞에서는 대단히 민감한 것이다. 이것은 전문가가 흔히 쓰는 설득법으로 의사는 환자에게 거의 다 이 방법을 쓴다. 이 방법은 상대가 어떤 결정을 내리지 못하고 망설일 때 가장 효과적인 설득방법으로 설득자가 그만한 지식과 권위가 있어야만 통한다. 또한 사람들은 논리적이고 확실한 것을 원한다. 막연한 것에 대해서는 판단이 흐리기 때문이다. 그래서 신문 기사, TV 보도, 통계기관의 수치 등을 가지고 설득시킨다. 이 방법은 상당히 효과가 있으므로 잘 연구할 필요가 있다.

어려운 상대는 없다

'낮은 자존심은 마찰의 근원'이라는 사실을 잊지 말고 상대의 자존심을 높여주는 말을 많이 해야 한다. 자존심이 높은 사람은 명랑하고 관대하여 다른 사람의 말에 기꺼이 귀를 기울인다. 자기의 기본적인 욕구가 충족되어 있기 때문에 다른 사람의 욕구를 고려할 수 있는 것이다. 자신의 인격이 튼튼하고 확고하기 때문에 상대가 다소의 실수를 하더라도 그것을 무난히 극복해 나갈 수 있는 것이다.

자존심이 낮으면 인간이 천하고 작아진다. 그리하여 마찰이나 말썽이 일어나기 쉽게 된다. 자존심이 강한 사람이 설득하기 어렵다고 생각할 수 있지만 이런 사람은 자존심을 살려주면 된다. 정상에 서 있는 인물이 소인의 무리보다 훨씬 다루기 쉽다는 것은 주지의 사실이다.

설득하기 위해서는 먼저 상대를 인정해 주어야 한다. 그러나 인정만 한다면 자신이 오히려 설득 당하는 것이기 때문에 일부는 인정해주되 이쪽의 요구도 들어주게 하는 것이 스피치의 기술이다.

일단 자신의 생각을 표명한 후에는 그것을 번복하기가 쉽지 않다.

자신의 의견이 잘못된 것을 금방 깨닫는다 해도, 일단 공언한 것을 번복하는 것은 자기의 잘못을 시인하는 것이라고 생각하기 때문에 스스로 빠져나갈 길을 막아 버린다. 이때는 상대방이 자신의 논리에서 빠져나갈 수 있는 구실을 찾도록 체면을 세워 주어야 한다.

"저도 처음엔 그렇게 생각했습니다만 이 정보를 얻고서는 생각이 전적으로 달라졌습니다. 그래서 지금은…", "그런 경우라면 누구나 그렇게 생각하게 됩니다. 그러나…" 이처럼 상대의 말에 공감을 하여야 한다. 이것은 설득 이전에 상대를 기분 좋게 만드는 심리 작전이라 할 수 있다. 즉 상대의 말에 감동하는 척하면서 상대로 하여금 말문이 터져 나오게 하는 것이다. "아, 그랬습니까?", "놀라운 일이군요?", "저런!", "이런", "정말 큰일날 뻔 하셨군요."와 같은 맞장구는 음식에 조미료를 넣는 것과 같은 효과를 만들며 때로는 어려운 상대를 움직이는 묘수가 되기도 한다.

제6부

스피치를 연습하고 활용하라

Talk별 구성사례 예시

자기소개 Talk 1

안녕하십니까? ㅁㅁㅁ여러분!

제 이름은, 김ㅇㅇ입니다.

저에 대한 한두 가지 소개를 드리자면, 저는 ㅁㅁㅁ 10기를 수료하였고, 현재 법무법인ㅁㅁ의 생활법률연구소 소장으로 근무하면서 ㅁㅁ대학교 행정법률학과 교수직을 겸하고 있습니다.

제가 이 과정을 수강하게 된 동기는, 존경하는 고교선배님으로부터 추천이 있어서입니다. 현재 저는 ㅁㅁㅁ 덕분에 매일매일 새롭고 감사하며 행복한 날들을 보내고 있습니다. 이 자리에 계신 여러분 또한 저와 같이 ㅁㅁㅁ로 인하여 많은 긍정적 변화가 있을 것이라 확신합니다.

자기소개 Talk 2

안녕하십니까? ㅁㅁㅁ여러분!

제 이름은, ㅇㅇㅇ입니다.

이 시간을 통해 저에 대하여 한두 가지 소개의 말씀을 드리면, 저는 ㅁㅁㅁㅁ년생으로 고향은 ㅁㅁ이며, 직업은 ㅁㅁ이고, 현재는 ㅁㅁ에서 ㅁㅁ로

재직하고 있습니다.

저는 이 세상에 존재하는 사물 중 물을 가장 좋아합니다. 잘 아시는 것처럼 물은 어떤 그릇에 담기느냐, 어디에 있느냐 또는 양의 많고 적음에 따라 유연성을 가지고, 다양한 형태의 모습으로 우리에게 무언의 힘을 보여 줍니다. 변화의 속도가 빠른 이 시대에 저는 물로부터 환경변화에 능동적으로 대처하는 적응력과 상황 판단력을 배우고 있기 때문입니다.

제가 이 자리에 서게 된 동기는, 동시대를 살아가는 여러분들과 다양한 삶의 경험을 함께 공유하면서 제 인생을 더욱 풍요롭고 가치 있게 만들어 가기 위해서입니다. 항상 낮을 곳을 지향하면서 더 넓은 곳을 향해 흐르는 물처럼 겸손과 포용력을 갖춘 이 시대의 진정한 리더가 되고 싶기 때문입니다. 감사합니다.

자기소개 Talk 3

안녕하십니까? 뵙게 되어 반갑습니다.

제 이름은 최ㅇㅇ입니다.

제 자신에 대한 한두 가지 소개를 드리자면, 저는 호남형인 남편과 결혼해서 백설공주 같은 두 딸을 낳고 행복한 가정을 꾸리고 있습니다. 친구들과 수다 떠는 취미를 가지고 있고, 현재 전업주부로 활동하고 있습니다.

제가 이 모임에 나오게 된 동기는 전업주부로만 있다가 보니 세상 돌아가는 것을 알 길이 없어 여러분들을 만나 정보도 얻고 독서활동을 하게 되면 아이들한테도 유익한 이야기를 할 수 있을 것 같아서입니다. 앞으로 잘 부탁드립니다.

시각적 Talk 1

호칭 : 안녕하십니까? ㅁㅁㅁ여러분!

실물이 무엇인가?

이것은 경기도 교육위원회에서 검정고시 위원장 명의로 저에게 발송해준 중학과정 합격증서입니다.

무엇에 사용하는 것인가?

우리는 누구나 살아오면서 가장 소중한 추억과 함께 꼭 간직하고 싶은 물건들이 있을 것입니다. 그 물건의 가치와 종류가 문제 될 수는 없습니다.

여러분들이 보신 것처럼 중학교 졸업장을 대신하는 빛바랜 한 장의 종이는 제 삶에 있어 매우 중요한 의미를 갖고 있습니다. 그 이유는 학력의 벽을 극복하기 위해 목표를 세우고 성취하기까지의 과정 뒤에 숨어있는 제 자신의 눈물겨운 삶의 이야기가 이 한 장의 합격증서 속에 고스란히 녹아 있기 때문입니다.

자신에게 어떠한 의미가 있는가?

저는 노동을 하면서 어렵게 생활을 유지하던 빈곤한 집안의 육남매 중 장남으로 태어났습니다. 늘 가난의 굴레에서 벗어나지 못했던 가정형편으로 초등학교를 어렵게 졸업하고 열다섯 살의 어린 나이로 사회생활을 시작하게 되었습니다.

제 또래의 아이들이 교복을 입고 학교를 다닐 때 저는 생활전선에서 기름 작업복을 입고 의식주 해결에 고군분투해야만 했습니다. 그러던 중 군 입대를 위한 징병검사를 받게 되었는데, 학력미달로 군대를 못 간다는 국가의 결정을 받은 후 제가 처한 주변 환경에 심한 좌절감과 분노를 갖고 무척이나 힘든 나날들을 보내야만 했습니다.

이런 힘든 나날을 보내던 중 단기사병 근무 시에 만나게 된 동료로부터 정규과정을 거치지 않고도 사회적으로 학력을 인정받을 수 있는 검정고시라는 제도가 있다는 것을 알게 되었고, 이때부터 학력미달을 극복하기 위하여 독학으로 공부를 시작했습니다.

지금으로부터 ㅁㅁ년 전, 각고의 노력 끝에 취득한 이 한 장의 증서는 내 인생을 새롭게 바꾸는 전환적 계기가 되었고, 그 후 대학원 석사와 박사과정까지도 수료하게 되었습니다.

마무리

남이 보기에는 그저 빛바랜 한 장의 종이에 불과한 이 합격증서가, 앞으로도 제 인생에 있어 새로운 꿈을 이루어 나가는 데, 언제나 희망의 끈이 될 것임을 믿어 의심치 않습니다. 경청해주신 ㅁㅁㅁ여러분 감사합니다.

시각적 Talk 2

호칭 : 안녕하십니까? ㅁㅁㅁ여러분!

실물이 무엇인가?

이것은 ㅁㅁ 볼펜입니다. 아마도 여기 계신 분들 중에는 한 번쯤 받아 본적 있고 또 한 번쯤은 누군가에게 선물을 해본 적이 있는 펜일 것입니다.

무엇에 사용하는 것인가?

이 볼펜은 우리의 말이나 글을 종이에 옮기는 도구로 사용됩니다. 저는 오늘 여러분들에게 ㅁㅁ 볼펜을 홍보하러 이 자리에 서있는 것은 아닙니다.

자신에게 어떠한 의미가 있는가?

볼펜은 단순히 우리의 말이나 글을 종이에 옮기는 데 사용되는 도구만은 아닙니다. 때로는 제 기억을 대신해주고 때로는 제 마음을 누군가에게 전할 때 사용하는 도구이기도 합니다. 하지만 요즘은 핸드폰의 메신저나 웹 상의 이메일 등이 그 역할을 대신 합니다.

저는 아들이 두 명 있습니다. 큰 아들이 작년에 군에 가서 지금 열심히 복무 중에 있습니다. 요즘은 신병훈련소에도 인터넷이 보급되어서 훈련병들에게 이메일을 보낼 수 있습니다. 물론 훈련병들은 볼펜으로 쓴 손 편지로 소식을 전하기도 하는데 큰 아들의 삐뚤게 쓴 손 편지를 보면서 무어라 형용할 수 없는 뭉클함에 행복했습니다. 큰 아들이 수료식 때 말하기를 '인터넷 편지보다는 볼펜으로 쓴 손 편지가 훈련병들 사이에서는 인기가 많은데, 특히 여친이 쓴 손 편지가 최고 인기'라면서 행복한 미소를 지어보이는 아들을 보니 제 자신도 힘이 나고 행복했습니다.

마무리

가끔은, 아주 가끔은 여러분들도 정성을 담은 손 편지로 소중한 사람에게 마음을 전해 보십시오. 아마도 여러분의 삶이 얼마나 행복한지 느끼실 수 있을 것입니다. 감사합니다.

시각적 Talk 3

ㅁㅁㅁ여러분! 뵙게 되어 반갑습니다.

실물이 무엇인가?

누구나 자신의 모습을 볼 수 있는 손거울입니다.

무엇에 사용하는 것인가?

거울은 우리가 생활하는 가정이나 사무실 등의 공간속 일정한 장소에 걸려 있어 누구나 자신의 모습을 비춰보는 데 사용하는 물건입니다.

자신에게 어떠한 의미가 있는가?

오늘 제가 여러분들께 보여드린 이 손거울은 하루에도 몇 번씩 꺼내어 저의 모습을 비춰보는 소중한 거울입니다.

저는 부모님을 호강 시켜드리겠다는 일념 하나로 일찍이 취업전선에 뛰어들게 되었습니다. 그러나 세상은 제게 그리 호락호락 하지만은 않았습니다.

제가 선택한 결과에 후회하지 않으려 애써 태연하고, 강한 척을 했지만 어느 순간부터 웃음과 자신감을 잃어갔고, 사람들과 만나는 것이 두려워지면서 누군가를 만나는 것을 점점 기피하게 되었습니다.

그렇게 한해 한해가 흘러 갈수록 주변에서 "인상이 너무 차갑다, 얼굴이 어둡다, 웃는 게 너무 어색하다."라는 말을 많이 듣게 되었습니다.

그러던 어느 날 방문을 열고 들어온 엄마가 슬며시 내민 것이 바로 손거울이었습니다. 엄마는 하루에 삼분이라도 손거울을 보며 자신의 모습을 보고 웃는 연습을 하라고 말씀하셨습니다. 저는 순간 "웃는 연습을 하라고? 우리 엄마 맞아?"라는 생각이 스쳐갔지만, 딸의 모습이 오죽했으면 그러셨을까하는 생각에 충격을 받았습니다. 그날 이후 저는 아침, 저녁으로 "아", "에", "이", "오", "우", "하하", "호호", "스마일"을 하면서 웃는 연습을 하기 시작했습니다. 그렇게 10여년의 시간이 지난 지금도 매일 아침 손거울을 보면서 웃는 연습을 하고 있습니다. ㅁㅁㅁ여러분! 아직도 제 미소가 많이 어색한가요?

마무리

"행복해서 웃는 게 아니라 웃어서 행복하다."라는 말을 비로소 경험으로 느끼게 되었습니다. 많이 지치고 힘드십니까? 그럼 더 많이 웃으십시오!

구성원리 Talk 1

호칭 : 안녕하십니까? ㅁㅁㅁ여러분!

주의 끌기 : 홈런이다, 홈런! 여러분, 인생에 성공의 홈런을 치고 싶으십니까?

요점 : 기본 룰을 지킵시다.

사례

야구에서의 홈런은 참으로 멋진 일입니다. 공 하나에 온 정신을 집중시켜 쳐낸 홈런은 선수가 오랜 시간 동안 간절하게 원하고 노력했던 결과이기 때문입니다. 하지만 홈런을 쳤다 해도 베이스를 밟지 않고 그냥 지나치면 그 홈런은 무효가 되고 그 선수는 아웃처리가 되는 것이 야구의 기본 룰입니다.

인생에도 야구처럼 기본 룰이 있습니다. 야구선수가 홈런을 쳐도 베이스를 꼭 밟고 지나가야 하는 것처럼 우리의 인생에도 반드시 밟고 지나가야 하는 베이스가 있습니다.

그것은 바로 시련과 실패, 좌절과 노력이라는 베이스입니다. 그 베이스를 지나온 자에게만 홈베이스를 밟을 자격이 주어지는 것입니다.

성공이라는 홈베이스를 밟은 사람들의 90% 이상은 매 순간순간 자신의 삶에 충실한, 기본 룰을 지킨 사람들이었습니다. 기본 룰을 지키는 것이 당장은 손해 보는 것 같지만 반드시 더 큰 성공을 이룰 수 있는 디딤돌이 되는 것입니다.

인생에서도 배경과 돈으로 홈런을 칠 수는 있지만 시련과 실패, 좌절과 노력이라는 베이스를 밟지 않고 친 홈런은 득점으로 인정되지 않고 결국에 가서는 패하게 되어 있는 것입니다.

마무리

ㅁㅁㅁ여러분! 우리 모두 기본 룰을 지킴으로써 성공하는 인생을 삽시다.

구성원리 Talk 2

호칭 : 안녕하십니까? ㅁㅁㅁ여러분!

주의 끌기 : 이것이 무엇입니까? 네, 담배입니다. 버리겠습니다.

요점 : 금연합시다!

사례

새해가 되면 우리는 그 해에 이루고 싶은 목표 한두 가지를 정합니다.

그 중에 가장 많이 나오는 목표 중 하나가 금연일 것입니다. 하지만 이 목표를 달성하는 사람은 많지가 않습니다.

저는 20년 간 피우던 담배를 끊은 지 9년 정도 되었습니다. 오늘 저는 왜 금연을 하여야 하는지에 대해 제 경우를 들어 이야기하고자 합니다.

9년 전 저는 맹장염으로 병원에 입원하여 수술을 받은 적이 있습니다. 수술을 마치고 병실에 있는데 저희 어머니께서 놀라고 근심 가득한 얼굴로 오셔서 저에게 "이놈아, 인자 좀 그 놈에 담배 좀 끊고 건강 좀 챙겨라." 하시더군요. 그래서 저는 놀라신 어머님을 진정시켜드리기 위해 "네, 그럴게요." 하고 그때부터 금연을 하기 시작하였습니다. 일종의 효도 금연을 시도하게 된 것 입니다. 아시는 분은 아시겠지만 금연, 참 힘듭니다. 그래서 많이들 실패하게 됩니다. 저도 쉽지만은 않았습니다. 사실 지금도 안 피우는 거지 완전히 끊었다고 생각하지 않습니다.

제가 금연을 실천했다고 해서 건강이 급격히 좋아지고 오래 살 거라고 생각하지 않지만 그러나 저는 오늘 이 말을 꼭 하고 싶습니다.

마무리

여러분 자신을 위해서가 아니라 자신을 사랑하는 사람들을 위해서 금연하십시오. 그러면 여러분이 사랑하는 사람들의 근심걱정 하나를 없앨 수 있습니다.

구성원리 Talk 3

호칭 : 안녕하십니까? ㅁㅁㅁ여러분!

주의 끌기 : 행복한 삶을 원하십니까?

요점 : 여러분 만족하는 법을 배우십시오.

사례

우리는 살아가는 동안 행복이라는 단어를 수없이 듣고 삽니다. 여러분, 행복이 무엇이라 생각하십니까? 행복이란 단어의 사전적 의미는 욕구와 욕망이 충족되어 만족하거나 즐거움을 느끼는 상태라고 합니다.

얼마나 충족되고, 얼마나 즐거워야 행복할까요?

얼마 전 저는 타인들과의 효과적인 의사소통을 위하여 이야기 구성하는 방법으로 '주, 요, 사, 마'라는 4단계 공식을 배웠습니다. 이 공식에 준해서 이야기를 구성하면 어느 장소에서나 상대가 누구든 효과적이고 즐겁게 자신이 하는 말을 사람들에게 전달할 수 있습니다. 이야기를 구성하는 공식처럼 우리 삶을 행복하게 하는 데도 4단계 공식이 존재 합니다.

1단계 욕심, 2단계 노력, 3단계 성취(결과), 4단계 만족입니다.

저는 1993년 지금의 아내와 결혼을 했습니다.

아내를 처음 본 순간 '그래! 바로 이 사람이야!' 하는 마음에 결심이 들어 아내의 마음을 얻고자 성심을 다해 노력을 다했고, 그 결과 수많은 경쟁자들을 제치고 아내의 마음을 얻는 데 성공하였습니다.

현재는 결혼해서 아들 둘과 딸 하나를 두고 행복감을 느끼며 살고 있습니다. 만약 제가 삶의 4단계 공식 중에 한 가지라도 소홀했다면 아마도 전 지금 이 행복감을 느낄 수 없었을 것입니다.

마무리

여러분, 행복한 삶을 위한 4단계 공식을 기억하면서, 살아가는 매 순간 올바른 목표를 정하고 그 목표를 향해 노력하시고 그 결과에 반드시 만족하시기 바랍니다. 그러면 행복한 삶을 살 수 있습니다.

긴 구성원리 Talk 1

호칭 : 안녕하십니까? ㅁㅁㅁ여러분!

주의 끌기 : 죽음의 공포를 느껴보신 적이 있으십니까?

요점 : 두려움을 그대로 받아들이시기 바랍니다.

사례 1

저는 ㅁㅁㅁㅁ년에 논산 훈련소로 입대를 하였습니다.

저의 체격에서 나오는 카리스마적 기질을 인정받은 건지 아니면 운이 좋아서인지 공수부대로 차출이 되었습니다. 논산 교육 수료 후 4주간의 공수 교육을 받게 되는 과정에서 지상교육 3주를 마치면 마지막 1주는 실제 비행기에서 뛰어내리는 교육과정입니다. 첫 강하를 하는 날 낙하산을 메고 비행기에 타는데 뛰어내릴 때 정말 죽을 수도 있다는 생각에 두려웠지만 저는 그때 저를 지도한 교관을 믿었고 등에 맨 낙하산을 믿었습니다. 그런 믿음으로 저는 비행기에서 뛰어내릴 수가 있었습니다.

부연

그때 저는 생각했습니다. 아, 누군가 또 무언가를 믿으면 두려움을 이길 수 있구나!

사례 2

시간이 흘러 저는 2004년 2주간의 인도네시아 출장 중에 비슷한 경험을 한 번 더 하게 되었습니다. 이 나라는 섬으로 이루어져 이동 간에 거의 매일 비행기를 이용하게 되었는데 일정을 맞추기 위해 낡은 비행기를 운용하는 저가 항공을 이용하는 날도 많았습니다.

그 낡은 비행기를 타고 이동하던 어느 날 밤, 갑자기 비행기가 떨어질 듯 심하게 흔들리기 시작했습니다. 또 죽음에 대한 두려움이 엄습해왔습니다. 군 시절에 낙하훈련 때와 달리 이번에는 이 낡은 비행기가 믿음이 가지 않았습니다. 그때 저는 저에게 스스로 말하기 시작했습니다. 나는 죽는다, 언젠가는. 그러나 오늘, 여기서는 아니다.

마무리

여러분, 우리는 살다 보면 두려움을 느낄 때가 있습니다.

누군가를, 무언가를 믿어 보십시오. 그리고 긍정적인 마음으로 두려움을 받아 들여 보십시오. 그러면 더 이상 두려움이 생기지 않습니다.

긴 구성원리 Talk 2

호칭 : ㅁㅁㅁ여러분! 뵙게 되어 반갑습니다.

주의 끌기 : 나가요! 나가! 지금 누군가에게 화를 내셨습니까?

요점 : 감정을 조절 합시다.

사례 1

저는 300:1의 취업경쟁에서 당당히 합격하여 S그룹에 근무하게 되었습니다. 처음 신입사원 오리엔테이션에서는 인사부장님으로부터 앞으로 기대된다면서 "열심히 해봐!"라는 격려도 들었습니다. 이후 기획팀에 배치되어 회사를 위해 많은 제안도 했고 때론 채택되어 수상도 했으며, 새로운 사업발표 등도 해서 실력을 인정받았습니다. 그런데 정작 기대와는 달리 정기 인사에 다른 동료들은 승진을 했는데 저는 못했습니다. 저는 그동안 최선을 다해 업무에 매진한 결과에 대한 실망감으로 너무나 화가 나서 앞 뒤 가리지 않고 인사과로 달려가 인사과장님께 항의했습니다. 당시 저는 너무 감정이 앞서 있어 제가 무슨 말을 어떻게 했는지는 기억이 나지를 않습니다. 다만 인사과장님이 "자네는 생각보다 경솔한 면이 있어! 그래서 이번에 자네가 승진을 못한 거야! 조직생활은 자네 생각대로 그렇게 되는 게 아니야! 충분히 알아들었으니 흥분하지 말고 돌아가서 본연의 일에 충실하도록 해!"

부연

과장님에 충고를 듣고 자리에 돌아와서 생각해보니 제가 순간적인 감정을 조절하지 못하고 말한 것이 후회가 되었습니다. 이후 다시 한 번 저를 되돌아보면서 매사에 화가 났을 때 감정을 제어하는 습관을 의식적으로 하게 되었습니다. 그런 일이 있고난 후 일 년이 지난 뒤 정기인사에서 승진을 했습니다.

화가 나서 말을 하고자 할 때에는 한 템포 늦추시기 바랍니다.

사례 2

사업부서에서 신제품 생산라인의 증설을 책임지는 실무과장으로서 공장을 신축하는 과정에서 마을주민들과의 마찰이 있었습니다.

주민들은 마을 안길로 공사차량이 빈번하게 다니게 되어 사람 보행과 농기계 운행 시의 불편함과 교통사고에 대한 불안감은 물론 건축공사로 인한 소음과 분진 등으로 일상적인 생활이 어렵다면서 해당 구청에 민원을 제기 했습니다.

저는 사전에 마을 이장님을 비롯한 지도자분들에게 충분히 상황을 설명했음에도 일방적으로 민원을 제기한 것에 서운한 감정이 들었습니다. 하지만 감정을 다스리고 다시 마을을 방문해서 이장님들과 주민들의 불편상황을 듣고 이를 해소하는 한편 마을전체 주민들이 공통적으로 요구하는 문제를 이해하고 회사에 이를 자세히 보고해서 원만히 합의를 보았으며 이후 순조롭게 공사가 진행되었습니다.

마무리

ㅁㅁㅁ여러분! 우리가 사는 세상은 순간순간에 자신이 전혀 생각하지도 못한 일들이 많이 발생합니다. 어떤 때에는 황당한 일도 있어 어이가 없고 너무 화가 나서 도저히 참을 수가 없는 상황이 벌어질 때도 있습니다. 이럴

때 감정에서 나오는 대로 말을 하는 순간 본인이 생각하는 방향과는 전혀 다른 말들로 인해 오해를 받게 되고 일을 그르치게 됩니다. 자신의 감정을 잘 조절해서 사람들과의 관계를 아름답게 만들어 나가시기 바랍니다.

긴 구성원리 Talk 3

호칭 : ㅁㅁㅁ여러분! 안녕하십니까?

주의 끌기 : 더 이상 선생님의 이야기를 듣고 싶지 않습니다.

요점 : 자신의 말보다 상대방의 말을 경청 합시다.

사례 1

우리는 상대방의 이야기에 귀를 기울이는 것보다 내 이야기를 하는 것만이 모든 사람들에게 훌륭한 인격을 갖춘 사람으로 인식된다는 착각을 합니다. 정작 대중에게 다가가는 길은 그들에게 혀를 내미는 것이 아니라 귀를 내미는 것입니다. 상대방에게 어떠한 달콤한 말을 해도 그는 이야기의 절반도 흥미를 갖지 않는다는 놀라운 사실이 입증되고 있습니다.

경청은 타인과의 관계에서 가장 큰 영향을 미치는 의사소통의 기술입니다. 하지만 안타깝게도 대부분의 사람들은 남의 말을 주의 깊게 듣지 않습니다. 그저 조용히 자기가 말할 차례를 기다릴 뿐입니다. 게다가 일상생활에서나 직장에서 뭔가 오해가 생기면 보통 말하는 사람에게 책임을 돌립니다.

경청의 힘이 가장 많이 발휘하는 곳이 아마도 환자와 의사와의 관계가 아닐까 생각됩니다. 의사는 환자의 현재 상태를 구체적으로 듣고 청진기도 대보기도 하면서 환자를 살피게 되는데 이때 의사가 아무리 많은 지식을 가지고 있다고 해도 일방적으로 말한다면 환자의 정확한 상태에 대해서 알지 못하게 됩니다.
환자의 말을 건성으로 듣거나 무시하게 되면 엉뚱한 처방을 내리게 되어 병을 악화시킬 수 있고, 더 나아가서는 환자가 생명을 잃게 되는 경우가 발생할 수도 있습니다.

부연

왜, 무엇 때문에 우리의 입은 하나지만 귀는 둘이겠습니까? 이는 곧 내가 말하기보다는 상대방의 말을 듣는데 더 많은 시간을 내주어야 한다는 것입니다.
상대방의 말에 항상 귀 기울이고 공감을 표시하시기 바랍니다. "세상에, 그래서? 더 이야기 해봐."라고 말입니다. 잘 듣는 것은 잘 말하는 것보다 효과적이고 힘이 더 강력합니다.

사례 2

"상대방의 입장이 되어보기 위해서는 그의 신발을 일주일 동안 신어보아야 된다."는 인디언 속담이 있습니다. 아마도 상대방을 이해하는 것이 그만큼 어렵고, 이해심을 갖고 접근하려면 어느 정도 상대방의 입장에서 시간을 가지고 생각해 볼 필요가 있다는 의미가 내포되어 있는 것입니다. 일방적으로 자신의 주장만을 내세우게 되면 사람들과 더불어 살아가는 사회생활 속에서 오해로 인한 갈등이 생기고 이로 인해 어려움에 직면할 수밖에 없습니다.
□□□□년 □월 중순쯤으로 기억이 됩니다. 저는 □□□ 사업체에서 용접공으로 근무하면서 □□□□ 정수장 설치공사현장 반장으로 일을 하고 있었

습니다.

당시에는 근로자들의 환경여건이 열악하여 지금처럼 그저 고용주가 시키면 시키는 대로 밤과 낮을 가리지 않고 일을 할 때였습니다.

현장여건상 한낮에는 더위로 인해 작업이 제대로 되지 않아 이른 아침에 작업을 한 후 한낮에는 휴식을 취하게 됩니다. 사고당일 날도 평소와 같이 작업을 하기 위해 어둠이 채 가시지 않은 새벽 다섯 시에 조원들을 깨우기 시작했습니다.

그날은 모두 5명이 한조가 되어서 높이 8미터, 직경 10미터 정도의 물탱크를 설치하는 작업의 마지막 단계인 지붕을 덮는 작업을 하는 날이었습니다. 그 어느 작업보다도 위험이 있는 작업인지라 사전에 조원들에게 안전수칙을 말하고 세 번째 철판을 체인 브럭에 걸어 내리던 중 직감적으로 나의 입에서 "조심해!"라는 소리가 튀어나왔고, 그 순간 "악!" 하는 외마디 비명소리와 함께 조원 한명의 손가락 두 마디가 철판과 철판사이로 떨어져 나가면서 잠시 후 붉은 피가 떨어지기 시작했습니다.

실로 눈 깜짝할 사이에 일어난 일에 저는 놀라 당황하였지만 이내 조원들에게 작업을 멈추게 하고 사태를 수습했습니다. 그날 넷째와 다섯째 손가락 중간부분을 잘리게 된 사람은 ㅇㅇㅇ이라는 사람으로 사고당일 나가기가 싫다고 하면서 자신 대신 다른 사람으로 대체해 달라고 하는 것을 전후사정 이야기를 들어보지 않고 무조건 나오게 한 사람이었습니다.

상대방의 이야기를 무시하고 작업을 감행한 결과로 저는 한사람의 장애우를 만들었습니다. 당시에 내가 상대방을 존중하고 진정한 마음의 소리를 들었다면 이러한 불상사는 없었을 것입니다.

마무리

경청의 최고비결은 기본적으로 상대방을 존중하는 마음을 갖는 것이며 상대방을 존중하는 마음을 갖기 위해서는 타인의 감정을 진정으로 이해하는 노력이 필요합니다. 듣는 사람보다 말하는 사람이 훨씬 많은 현대사회에서 차분히 상대방의 말에 귀를 기울여 듣는 진지한 경청의 자세야말로 인생에서 성공의 보증수표인 것입니다.

사운드박스가 텅 비어있듯, 텅 빈 마음을 준비하여 상대방과 나 사이에 아름다운 공명이 생기도록 하여야 합니다. 상대를 진정으로 인정하고 겸손한 자세로 말하기를 절제하고 상대방의 말을 경청 합시다.

지식 Talk 1

호칭 : 안녕하십니까? ㅁㅁㅁ여러분!

주의 끌기 : 잠 좀 잡시다, 잠 좀 자자고요.

요점 : 건강을 위해 충분한 수면을 취합시다.

사례

ㅁㅁㅁ여러분, 잘 주무시고 계십니까?

요즘 잠을 자지 않는, 그래서 잠이 부족한 사람들이 급증하고 있다고 합니다. 밤을 대낮같이 밝히는 도심의 휘황찬란한 인공조명 아래, 잦은 야근과 회식, 그리고 야식, 커피에다 하루 24시간 끼고 사는 스마트폰까지 현대인은 잠자기를 잊은 신인류가 되어있습니다.

잠의 중요성이 사라진 사회에서 "안녕히 주무셨어요?"라는 질문에 "응, 푹 잤어!"라고 답할 사람은 과연 얼마나 될까요? 전문의들은 잠은 깨어있는 것만큼이나 우리의 삶에 중요하다고 강조합니다. 우리 인간은 잠을 통해 삶의 유지에 필요한 정신적, 신체적 과제들을 해결하기 때문입니다.

2013년에 한국갤럽이 전국 만 19세 이상 남녀 1만 2,959명을 조사한 결과 우리나라 성인의 평균 수면시간은 6시간 53분이었습니다. 우리 인간은 최소한 여섯 시간 잠을 자지 않을 경우 에너지가 소진되며, 온갖 병이 생기고, 식욕억제 호르몬이 안 나와 뚱뚱해진다고 합니다.

발명왕 토머스 에디슨은 평생 하루 서너 시간만 잠잔 것으로 유명한데 그는 "수면은 시간을 잡아먹는 벌레다. 하루 네 시간만 자도 충분하다."라고 했지만 그는 평소 자주 화를 내고, 조수들을 심하게 닦달했으며, 여덟살 연하 아내와의 사이도 좋지 못했다고 합니다.

또한 하루 '4시간 수면'을 철저히 실천해 '절대 잠들지 않는 총리'라는 별명을 얻었던 영국 마거릿 대처는 뇌졸중과 치매로 고통의 말년을 보냈습니다.

신경과, 정신건강의학과 전문의들은 이들 두 사람에 대해 '만일 잠을 충분히 잤다면 정신적, 신체적으로 보다 행복한 삶을 살았을 것'이라고 지적하고 있습니다.

서울대병원 정신건강의학과 이유진 교수는 '정상적으로 잠을 자지 못하면 인슐린 저항성이 상승해 당뇨병에 걸릴 확률이 높다'면서 불면증 환자들은 자는 동안에도 교감신경이 과도하게 상승해 심혈관계에 문제가 일어날 수 있으므로 조심해야 한다고 말하고 있습니다.

마무리

이처럼 수면부족은 인간을 늙고 병들고 멍청하고, 뚱뚱하게 만드는 주범인 셈입니다. ㅁㅁㅁ여러분, 충분한 수면으로 건강을 지킵시다!

지식 Talk 2

호칭 : 안녕하십니까? ㅁㅁㅁ여러분!

주의 끌기 : 평생 청춘으로 살기를 원하십니까?

요점 : 열정을 가지고 살아갑시다.

사례

현대를 살아가는 우리들의 평균 수명은 계속 늘어나 앞으로는 100세 시대라고 합니다.

2012년 세계보건기구(WHO) 자료에 의하면 대한민국 국민의 평균 수명은 81세이며, 세계 25위 수준이라고 합니다. 이렇듯 인간의 수명이 늘어난 것은 생활여건과 음식문화의 개선 그리고 무엇보다도 현대 의학의 발달 때문일 것입니다. 그로 인해 2013년 세계 의료기기 시장 규모는 3,238억 달러(우리 돈 약 354조 원) 규모이며 2018년에는 약 510조 원 규모로 성장할 것이라 합니다.

그런데 이렇게 평균 수명이 늘어났다 하여 우리가 항상 청춘으로 살아갈 수 있을까요? 가끔 TV를 보면 40세의 젊은 사람보다 90세의 나이 많은 사람이 더 활동적인 삶을 사는 것을 볼 수 있습니다. 그 이유가 무엇일까요? 저는 열정의 차이라 생각합니다.

지난 27년간 직장 생활을 하면서 저는 처음과는 달리 최근에는 현실에 안주하고 팀원들에게 지시만 하는, 활동적인 면에서는 다소 정체된 시간을 보냈습니다.

그러던 중 작년 ㅁㅁㅁ 리더십 과정을 접하고 수료하면서 다시금 제 가슴 속에 뜨거운 열정이 되살아나고, 지금 이렇게 여러분과 함께 할 수 있는 것

같습니다. 아마도 앞에 계신 ㅁㅁㅁ여러분들도 제 이 마음을 아실 듯합니다.

마무리

ㅁㅁㅁ여러분! "사람이 늙는다는 것은 나이를 먹어서가 아니라 청춘을 잃어서이고 그 청춘은 열정이 식을 때 없어진다."고 합니다.

살아가는 매 순간 올바른 목표를 정하고 그 목표를 향해 열정을 다해 노력하십시오. 그러면 여러분은 한 평생 청춘으로 살아갈 수 있습니다.

지식 Talk 3

호칭 : ㅁㅁㅁ여러분! 반갑습니다. ○○○입니다.

주의 끌기 : 빙글빙글 도는 회전의자에 임자가 따로 있나! 앉으면 주인이지! 회전의자에 앉고 싶으십니까?

요점 : 성공하는 삶을 위해 대인관계를 잘 합시다.

사례

우리는 누구나 할 것 없이 성공지향적인 욕구를 가지고 태어나기 때문에 성공적인 삶을 살고 싶어 합니다.

그렇다면 성공이란 무엇을 의미하는 것일까요? 많은 사람들은 부와 명예를 이루는 것, 사회적인 직위와 권력을 누리는 것, 저명한 인사가 되는 것 등을 성공한 삶이라고 이야기합니다. 한마디로 타인들에게 그럴듯하게 보여지는 자신의 삶을 성공이라고 믿고 있는 것입니다.

미국 보스턴대학의 핼즈만 교수팀이 성공에 가장 중요한 요인을 알아보기 위해 7세 어린이 450명을 대상으로 47세까지 40년간 추적 조사한 결과에 따르면 다른 사람과 잘 어울리는 능력을 가진 사람이 성공에 가장 가까이

가는 사람들임을 밝혀냈습니다. 성공한 사람들의 90% 이상은 자신이 잘 나고 똑똑해서 성공한 것이 아니라 대인관계를 통해 인맥을 잘 활용했다고 합니다.

나 아닌 다른 사람들과의 관계를 잘 형성해 나가는 것이야말로 성공에 중요한 매개체가 된다는 것입니다. 만나는 사람의 소중함을 알고 사회생활 속에서 인간관계를 잘 하는 사람이 성공하는 시대가 된 것 입니다.

또한 무엇보다 중요한 것은 자신에게 존재의 의미를 부여해야 한다는 것입니다. 우리 각자는 성공을 지향하는 목표는 다르겠지만 성공적인 삶을 살기위해서는 자존감을 가져야 합니다.

행복의 근원인 만족은 밖에서 주어지는 것이 아니라 안에서 느끼는 것처럼 성공도 역시 밖에서 들어오는 것이 아니라 내면에서 누릴 수 있어야 한다는 것입니다. 따라서 우리 스스로가 귀한 존재임을 자각하거나 삶에 대한 사명의식을 가질 때 성공의 길로 갈 수 있다는 것입니다.

마무리

우리의 인생에 있어서 누구나 할 것 없이 사람들과의 관계에서 최대 관심사는 성공이며 성공한 삶을 살기를 바랍니다. 단지 사람마다 가치관과 개성이 다르고, 각자 추구하는 삶의 목표가 다르기 때문에 성공을 보는 관점만 다를 뿐 성공을 지향하며 사는 건 똑같습니다.

그러나 행복하면 성공했다고 할 수는 있어도, 성공하면 행복하다고 할 수는 없습니다. 행복하지 않은 성공은 공허하고 아무런 의미가 없기 때문입니다. 만나는 사람들과의 관계를 잘 형성해서 성공적인 인생을 만들어 가시기 바랍니다.

세일 Talk 1

주의 끌기 : 오늘 야심차게 준비했습니다.

요점 : 자, 여러분~ 이 라면 한번 잡숴봐.

사례

이 라면으로 말씀 드릴 것 같으면 날이면 날마다 오는 라면이 아닙니다. 바로 집 나간 며느리도 냄새 맡고 돌아온다는 바로 그 라면 '한방라면'입니다. 속이 허해 배고플 때, 옆구리가 허전해 누군가 그리울 때 급하다고 아무거나 막 드시면 속상해~ 그럴 땐 무얼 먹느냐? 자 여러분, 이거 한번 잡숴봐. 속이 든든해지고 옆구리가 따뜻해져 속이 편안해집니다.

이 라면은 동네 슈퍼, ㅁ마트 암만 가 봐도 안 팔아요! 그럼 어서 파느냐? 이거 철저히 회원제로, 저만 판매합니다.

얼마 전에 태후의 송중기 씨가 소문 듣고 찾아왔지 말입니다. 그런데 제가 안 팔았지 말입니다. 왜? 못 생겼다 말입니다~

그런 라면을 오늘 여러분께 특별히, 그것도 단 한 분께만 맛 볼 수 있는 행운을 드립니다. 이걸 오늘 얼마에 파느냐?

여러분, 칼하고 라면은 그냥 주는 거 아니래. 선착순 한 분께 단돈 1,000원, 단돈 1,000원~

마무리

오늘 기회를 못 잡으셨다고 절대 아쉬워 할 필요가 없습니다.

밑에 자막으로 전번 나갑니다.

1588 – 너랑 나랑, 1588 – 너랑 나랑, 전화 주세요.

친절하게 안내해 드립니다.

세일 Talk 2

주의 끌기 : 여러분, 안녕하십니까? 지난번 여러분들의 성원에 보답하는 의미로 오늘 참신한 물건으로 다시 한 번 찾아뵙게 되었습니다.

요점 : 자, 여러분~ 이 텀블러 한번 사용해봐!

사례

요즘 미세 먼지 때문에 고생 많으시지요? 여기가(식도를 가리킴) 가칠가칠해 병원가면 의사가 머라는지 아세요? “미지근한 물 많이 드세요.” 합니다. 그렇다고 정수기 짊어지고 다닐 수 있나요? 아니면 부르스타, 주전자 들고 다니면서 끓여 드실 겁니까?

이거 한번 써보세요! 이 텀블러로 말씀 드릴 것 같으면 시중에 흔하디흔한 그런 텀블러가 아니야! 우수한 보온능력과 세련된 디자인은 기본 그리고 바로 100개 한정판, 영어로 리미티드 에디션입니다.

이거 시중에서 못 구하십니다. 오늘 이 기회를 놓치시면 정말 후회하실 겁니다. 다시는 볼 수 없는 텀블러이기 때문입니다.

그런데 오늘 이게 다냐? 또 있슴다. 여기에 오늘 특별히 텀블러에 건강한 물 드시라고 준비했습니다. 바로 요즘 장안에 화제인 작두콩 차입니다.

이 콩 차는 호흡기 질환 예방과 면역력 증진에 아주 탁월한 효과가 있으며 특히 손발이 차가운 우리 여성분들, 이거 한번 잡숴봐. 아주 손을 못 만져 뜨거워서~ 아주 그냥 후끈 달아올라~

자! 자! 오늘도 안타깝게도 많은 수량 준비하지 못했습니다. 딱 한 분에게만 행운의 기회를 드리겠습니다. 참신한 건강 지킴이 2종 세트를 딱 한 분께 더도 말구 덜도 말구 천 원 한 장에 모시겠습니다.

마무리

네, 항상 많은 수량 준비하지 못해 죄송스럽습니다. 앞으로도 더 좋은 제품으로 여러분들 찾아 뵐 것을 약속드리며, 안녕히 계십시오. 여러분!

세일 Talk 3

주의 끌기 : ㅁㅁㅁ여러분! 혹시 플라스틱에 털 난 것 아십니까?

요점 : 네, 맞습니다. 칫솔입니다.

사례

슈퍼에서도 팔고, 편의점에서도 팔고, 어디에서도 다 파는 이 칫솔 과연 여기서 팔릴까요? 사실 저도 궁금합니다. 그런데 이 칫솔은 국산일까요? 외국산일까요? 여기 보니까 메이드 인 코리아라고 쓰여 있습니다. 네! 한마디로 국산이라는 얘기이고, 품질이 좋다는 것입니다. 그럼 품질 좋고 끝내주는 건강칫솔이 얼마냐! 아마 여러분들이 시중에서 아무리 싸게 구입해도 2,000원은 주셔야 할 것입니다. 저는 이 자리에서 가격의 절반인 50% 세일, 단돈 1,000원에 여러분들을 모십니다. 자, 그런데 이것으로 끝이냐? 아닙니다. 여기에 하나를 더, 또 하나를 더 해서 칫솔3개가 들어있는 1세트에 1,000원이라는 것입니다. 자! 필요하신 분 말씀하세요! 한정판매이기 때문에 시간이 없습니다. 자! 필요하신 분 말씀하세요!

마무리

감사합니다. 여러분들의 성원에 건강칫솔을 다 팔았습니다. 다음번에도 더 좋은 제품으로 모실 것을 약속드리며 어려운 중소기업의 제품에 많은 관심을 가져주시기 바랍니다. 건강칫솔을 이용하여 매일매일 건강한 치아를 유지하시기 바랍니다.

사회공헌 활동 Talk 1

호칭 : 안녕하십니까? ㅁㅁㅁ여러분!

주의 끌기 : 자녀들에게 관심을 가집시다.

요점 : 저의 사회공헌 활동 과제는 ㅁㅁ초등학교 돌봄 교실에 매월 25일 2만 원을 기부하는 것입니다.

사례

여러분은 지난 몇 주간, 아니면 몇 달 동안 어떤 사회공헌 활동 과제를 정해야 하나 참 많은 생각을 하셨을 것입니다. 저도 작년에 많은 고민을 하던 어느 날, TV를 보면서 '아, 저거다' 하면서 저의 실천과제를 결정할 수 있었습니다.

영국에서는 100명의 학생을 대상으로 자녀 숙제를 부모가 도와주는지에 대한 설문조사를 실시했습니다. 그 결과, 전체의 45%가 숙제를 도와준다고 대답하였고, 그 중 15%는 아예 부모가 자녀의 숙제를 대신해 준다고 응답하였습니다.

나머지 55%의 학생은 부모의 도움 없이 숙제의 어려움을 겪거나 포기한다고 합니다. 이는 교육 기회의 부여 측면에서 불평등을 유발한다고 생각한 나라가 있었습니다.

바로 프랑스입니다. 그래서 프랑스에서는 숙제를 집에서 하는 것이 아니라 수업 종료 후 전체 학생이 학교에서 30분간 선생님의 지도하에 한다고 합니다. 이는 전체 어린이에게 동등하게 교육 기회를 부여한다는 측면에서 아주 좋은 방법이라 생각됩니다.

제 모교인 ㅁㅁ초등학교에서 운영하는 돌봄 교실에서는 동문회의 운영비 후원으로 지금 14명의 형편이 어려운 학생이 모여 함께 공부하며 방과 후 시간을 보내고 있습니다.

저도 동문의 한 사람으로서 이곳에 일정액을 후원하고자 합니다. 저의 작은 후원을 통해 보다 많은 학생과 어린이들이 미래를 준비할 수 있는 기회를 가질 수 있기를 소망합니다.

마무리

저의 사회공헌 활동 과제는 ㅁㅁ초등학교 돌봄 교실에 매월 25일 2만 원을 기부하는 것입니다.

사회공헌 활동 Talk 2

호칭 : 뵙게 되어 반갑습니다. ㅁㅁㅁ여러분!

주의 끌기 : 모두가 행복할 수 있는 사회를 만듭시다.

요점 : 지체장애우들이 생활하는 ㅁㅁ시설에 매월 3만 원을 기부하겠습니다.

사례

우리가 살고 있는 사회는 다양한 사람들이 다양한 생각과 직업을 가지고 저마다 열심히 살아가고 있습니다. 이중에는 자신의 몸이 건강하면서도 정신이 병들어 인생을 맥없이 낭비하며 살아가는 사람들이 있는가 하면 어떤 이는 일을 하고 싶어도 몸이 자신의 의지대로 되지 않아 어쩔 수 없이 남의 도움을 받고 살아가는 사람들이 있습니다.

2015년 12월 31일 기준으로 우리나라에 등록된 장애우 수는 2,490명입니다. 이중 51%인 1,281명이 지체장애우들 입니다. 지체장애란 다방면에 걸쳐서 발생하는, 선천적 또는 후천적인 원인으로 일상생활 활동의 제약을 초래하는 신체적 기능의 손상을 의미하는데, 주로 운동 기능장애, 감각장애 증세가 나타나게 됩니다.
하지만 일정한 기간 동안만 자유롭게 활동하지 못하는 상태에 놓인 경우에는 지체장애라고 하지 않습니다. 지체장애는 후천적 원인이 95%를 차지하며, 그 가운데 뇌성소아마비·뇌졸중·관절염·소아마비 후유증 등이 가장 큰 부분을 차지하고 차량의 증가로 인한 교통사고 지체장애우가 점차 늘어가는 추세에 있습니다. 이들을 보게 되면 현재 나 자신의 몸이 건강하게 자유로운 활동을 할 수 있다는 것에 새삼 감사함을 느낍니다. 현대를 살아가는 우리들 모두는 언제, 어떠한 일로 인하여 지체장애우가 될 수도 있는 환경에 처해있는 현실에서 자활의지를 가지고 힘겹게 살아가고 있는 장애우들에게 작은 힘이라도 보태야겠다는 마음에서 ㅁㅁ지체 장애우 시설에 매달 일정액을 기부하기로 했습니다.

마무리

ㅁㅁ여러분! 저의 사회공헌활동은 ㅁㅁ지체 장애우 시설에 매월 3만 원을 기부하는 것입니다.

사회공헌 활동 Talk 3

호칭 : 안녕하십니까? ㅁㅁㅁ여러분!

주의 끌기 : 우리의 작은 실천이 큰 변화를 만들어 냅니다.

요점 : 사회복지시설을 매달 한 번씩 방문하여 목욕봉사를 하겠습니다.

사례

우리 관내에는 크고 작은 사회복지시설이 20개 이상이나 됩니다. 그중에는 정부나 단체로부터 일정액의 보조금을 받아 운영하는 곳이 있지만 대개는 시설을 운영하는 분이 사비나 관심 있는 봉사자들의 기부금으로 운영됩니다.

이런 시설에는 몸을 가눌 수 없는 지체장애우 여성분들이 많이 계시는데 종사하시는 분들만의 힘으로는 일일이 돌보는 것이 한계가 있어 저는 이런 사회복지시설 중 ㅁㅁ시립영보자애원에 매달 한 번씩 목욕봉사를 하고자 합니다.

ㅁㅁ시립영보자애원은 우리면 ㅁㅁ이라는 마을에 위치하고 있으며 ㅁㅁ시로부터 위탁을 받아 천주교재단에서 운영을 하고 있습니다. 이곳은 사회적 편견과 무관심속에서 버려졌던 노숙여성들, 장애를 가진 여성들이 함께 생활하며 서로 도와주고 기다려주며 변화될 수 있다는 꿈과 희망을 가지고 알콩달콩 살아가는 사랑의 공동체시설입니다

저는 천주교신자로 ㅁㅁ성당에서 많은 성도들과 인연을 맺고 다양한 봉사활동을 하고 있습니다. 제가 ㅁㅁ자애원에 관심을 갖게 된 것은 우리 지역에 위치한 관내시설로서 사회적 약자인 지체장애여성에 대한 보호시설이라는 것이기 때문입니다.

성도들과 2001년도 3월 중순경 봉사활동을 위해 방문했을 때 다양한 여성분들이 수녀님들의 지극한 정성 속에서 삶을 이어가는 것을 보고 어렵게 생활하고 있는 여성분들을 떠올리게 되었습니다.

저는 평소 제 어머니의 생활방식을 보면서 여성이 얼마나 위대한 존재인가에 늘 감사해 왔습니다. 이런 여성들이 뜻하지 않은 주변 환경 때문에 고통 받는 것을 볼 때마다 저분들을 위해 내가 할 수 있는 일은 무엇인가 생각하게 되었고, 이분들을 위해 지극정성을 다하시는 수녀님들과 일반 관리자 분들, 봉사활동을 하시는 분들을 보면서 내가 할 수 있는 일이 무엇인가를 고민하다가 '시작은 반이다.'라는 생각으로 이 시설에 목욕봉사를 하고자 결심했습니다.

마무리

ㅁㅁㅁ여러분! 저의 사회공헌활동은 ㅁㅁ시립영보자애원에서 매월 한 번씩 지체장애우분들에게 목욕 봉사를 하는 것입니다. 감사합니다.

스피치 향상을 위한 방법

★ 올바른 마이크 사용

— 마이크를 너무 꽉 쥐지 말고, 가볍게 잡되, 마이크 헤드 부분을 감싸서 쥐지 않는다.

— 마이크를 잡은 팔은 겨드랑이에 살짝 붙여야 마이크가 입을 따라 다닌다.

— 핀 마이크의 경우 스피치 중 더 많이 보는 쪽 옷깃에 꽂는다.

— 마이크와 입의 거리는 음색에 따라 차이가 있으나 대개 주먹 하나의 거리가 적당하며 너무 가까우면 목소리가 갈라진다.

— 마이크는 대개 45도 기울인 각도로 들고, 소리는 마이크를 향해 똑바로 낸다.

— 노래할 경우는 마이크를 입에 수직으로 더 가깝게 대는 것이 좋다.

— 마이크를 향해 필요 이상으로 목소리를 크게 내지 않는다.

— 마이크가 담아내기에 가장 적합한 음은 부드러운 목소리이므로 딱딱한 목소리의 소유자는 가능하면 소프트하게 발음한다.

— 마이크는 높은 소리를 잘 흡수하는 성질이 있기 때문에 높은 소

리 낼 때는 마이크를 멀리, 낮은 소리 낼 때는 가깝게 한다.
— 허스키한 목소리(특히 여성)일 경우 가급적 마이크를 가깝게 하는 게 좋으며 본래 콧소리를 내는 사람은 마이크를 너무 가깝게 하지 않는다.
— 숨을 들이마시거나 내쉴 때 그 소리가 크게 나지 않도록 마이크를 너무 가까이하지 않게 유의한다.

★ 자신의 목소리 찾기
— 듣기 좋은 아름다운 목소리 : 본래의 목소리
— 본 목소리로 말해야 목소리 뿐 아니라 말에 활력이 생기고 자신을 분명하게 전달해서 상대의 마음을 움직인다.
— 듣기 싫은, 나쁜 목소리 : 가짜 목소리(안내 데스크, 엘리베이터 걸)
— 가성은 마음이 담기지 않을 뿐더러 목소리에 표정과 맛이 없다.

★ 무대공포증 해소 방법
— 양손의 손등을 꺾어 손목과 손을 스트레칭 한다.
— 무대공포증을 긍정적으로 받아 들여라.
— 여유를 가지고, 막힘없이 당당하게 말하라.
— 성공적으로 연설하는 자신의 모습을 상상하라.
— 긍정적인 말로 암시를 주라.
— 자세를 바르게 하고 목을 양쪽으로 서서히 돌려 풀어준다.
— 입을 크게 벌려 "아", "에", "이", "오", "우"를 10회 정도 발음해 얼굴

근육을 풀어준다.

— 자세를 바로 한 상태에서 10초 간 깊숙이 들이쉬고, 10초 간 서서히 내쉬고를 10회 반복한다.

— 무대공포증의 원인 : 시선 과잉 의식, 지나친 방어의식, 열등감, 준비 부족, 감기 몸살 등으로 인한 몸 불편

★ 음성 훈련

— '도, 레, 미, 파, 솔, 라, 시, 도', '하나하면 하나요. … 열하면 열이다.'

— 심호흡을 한 후 "아~" 하고 숨이 다할 때까지 소리를 낸다.

— 하루 20번씩 항상 생동감 있게, 활기차게 말하는 습관이 중요하다.

★ 리듬감 살리기

— 좋-은 연사가 되려면 우선∨훌륭한 인격을 갖춰야 합니다./연사가 인격을 갖추지 못하면∨스피치 기법을 아-무리 뛰어나게 구사해도∨그는 한낱∨선-동가에 지나지 않습니다./선-동효과는 결코∨오래가지 못합니다./

— 인격을 갖춘 연사는∨스피치에 임하는 자-세가∨진실합니다./교언영색이나 감언이설로∨청중을 유혹하지 않습니다./청중을 진심으로 위하고∨그들을 바르게 인도하려고 노력합니다.

★ 강조기법으로 중요한 낱말 힘주기

— 높은 산으로 뛰어올라갔습니다.

— 깊은 물속에 몸을 던졌습니다.

— 육체는 땅에 묻혔어도, 정신은 영원히 살 것입니다.

— 할 수 있다고 생각하면 당신도 할 수 있습니다.

— 넓은 들에 오곡백화가 무르익었구나!

— 맨주먹으로 권총 든 강도를 때려잡았습니다.

— 이 살이 뛰고, 피가 끓는 민족의 울분을 어찌하겠습니까?

— 가슴 속으로 파고드는 봄바람에 다홍치마가 펄럭-펄럭 날립니다.

— 물이 너무 맑으면 사는 고기가 없고, 사람이 지나치게 비판적이면 사귀는 벗이 없습니다.

★ 점증법의 실례

— 나를 위해서는 땀을 흘리고,(30)/남을 위해서는 눈물을 흘리고,(50) 나라를 위해서는 피를 흘려라!(70)

— 꿈틀거려라 생명들아!(30)/행동하라, 젊은이들아!(50) 조국을 깨우쳐라, 지식인들아!(70)

— 겁 많은 국민 중에서 영웅이 나온 적이 없고,(30) 우둔한 국민 중에서 대 정치인이 나온 적이 없으며,(50) 실리에만 눈이 어두운 국민 중에서 대 예술가가 나온 적이 없습니다!(70)

— 여러분, 저에겐 꿈이 있습니다.(30)이 지역을 청소년이 전국에서 가장 행복한 도시로 만드는 꿈입니다!(50)성폭력, 학교폭력, 납치

의 위험으로부터 청소년이 안전한 도시로 만드는 꿈입니다!(70)
— 납치당해 억울하게 숨진 혜진이와 예슬이의 불행한 사례가 단 한 건도 이 지역에서는 일어나지 않게 하는 꿈입니다, 여러분!(90) 저의 꿈이 바로 여러분의 꿈인 줄 믿습니다!(30)

★ 발음연습문장

1	• 저 말뚝이 말 맬만한 말뚝이냐, 말 못 맬만한 말뚝이냐. • 조달청 청사 창살도 쇠창살이고, 항만청 청사 창살도 쇠창살이다. • 중앙청 창살은 쌍 창살이고, 시청 창살은 외 창살이다. • 간장공장 공장장은 강 공장장이고, 된장공장 공장장은 장 공장장이다.
2	• 멍멍이네 꿀꿀이는 멍멍해도 꿀꿀하고, 꿀꿀이네 멍멍이는 꿀꿀해도 멍멍한다. • 저기 가는 저 상장사는 새 상장사냐, 헌 상장사냐. • 이 분이 백 법학박사이고, 저 분이 박 법학박사이다. • 깔순이가 그린 기린 그림은 상 안 탄 기린 그림이다. • 한양 양복점 옆 한영 양복점, 한영 양장점 옆 한양 양장점
3	• 앞 집 뒷밭은 콩밭이고, 뒷집 옆 밭은 팥밭이다. • 옆집 팥죽은 붉은 풋 팥죽이고, 앞집 팥죽은 파란 풋 팥죽이다. • 강낭콩 옆 빈 콩깍지는 완두콩 깐 빈 콩깍지이고, 완두콩 옆 빈 콩깍지는 강낭콩 깐 빈 콩깍지이다.
4	저 뜰의 콩깍지는 깐 콩깍지인가 안 깐 콩깍지인가. 깐 콩깍지면 어떻고, 안 깐 콩깍지면 어떠냐. 깐 콩깍지나 안 깐 콩깍지나 콩깍지는 다 콩깍지인데.
5	• 내가 그린 기린 그림은 긴 기린 그림이고, 네가 그린 기린 그림은 안 긴 기린 그림이다. • 상표 붙인 큰 깡통은 깐 깡통인가, 안 깐 깡통인가.
6	• 신진 샹송 가수의 신춘 샹송 쇼우 • 작년에 온 솥 장수는 새 솥 장수이고, 금년에 온 솥 장수는 헌 솥 장수이다. • 용인특별시 특허허가과 허가과장 허 과장

7	• 내가 그린 구름그림은 새털구름 그린 구름그림이고, 네가 그린 구름그림은 깃털구름 그린 구름그림이다. • 앞 집 팥죽은 붉은 팥 풋 팥죽이고, 뒷집 콩죽은 해콩 단콩 콩죽, 우리 집 깨죽은 검은깨 깨죽인데 사람들은 해콩 단콩 콩죽 깨죽, 죽 먹기를 싫어하더라.

★ 대인관계유형 체크하는 법

— 대인관계유형 체크리스트

아래 항목을 읽고 자신에게 해당되는 점수를 적은 후 각각의 점수를 모두 합산하시오.

전혀 그렇지 않다	그렇지 않다	보통이다	그렇다	매우 그렇다
1	2	3	4	5

구분	항목	점수
총점		
소계		
신념	나는 혼자 지내는 것보다 다른 사람과 어울리는 것을 좋아한다.	
	나는 인간관계가 재능이나 실력보다 중요하다고 생각한다.	
	나는 좋은 인맥을 만들기 위해 열심히 찾아다녀야 한다고 생각한다.	
	내 휴대폰에는 다른 사람의 전화번호가 50개 이상 등록돼 있다.	
	나는 하루에 3회 이상 다른 사람이 보내온 문자메시지를 받는다.	
소계		

능동성	나는 모임이나 행사에 자주 참석한다.	
	나는 새로 알게 된 사람들에게 메일이나 문자메시지를 먼저 보낸다.	
	나는 다른 사람에게 먼저 연락하여 약속을 정한다.	
	나는 한 달에 모임, 행사, 약속이 평균 3회 이상이다.	
	나는 한 달에 평균 3회 이상 애경사에 초대를 받는다.	
소계		
친화력	나는 엘리베이터에서 낯선 사람을 만나면 먼저 인사를 건넨다.	
	나는 처음 만난 사람에게서 "호감이 간다."는 말을 자주 듣는 편이다.	
	나는 다른 사람을 처음 만나면 상대방이 먼저 연락을 해 오는 편이다.	
	나는 다른 사람에게 식사나 술을 함께 하자는 제안을 자주 받는 편이다.	
	나는 재미있는 유머나 최신가요 몇 개쯤은 외우고 다닌다.	
소계		
배려	나는 다른 사람들의 생일이나 애경사를 잘 챙겨준다.	
	나는 주변 사람들의 일이나 업무를 자주 도와준다.	
	나는 다른 사람들의 고민을 상담해 주는 경우가 많다.	
	퇴근 무렵 술 생각이 나서 전화를 하면 만나줄 수 있는 사람이 많다.	
	나에게 애경사가 생기면 함께 해 줄 수 있는 사람의 수가 300명이 넘는다.	

— 대인관계유형은 이처럼 4가지 항목으로 이루어진다. 원만한 대인관계를 유지하려면 첫째, 인간관계의 중요성을 깨닫고 둘째, 내가 먼저 다가서고 셋째, 친화력을 갖추고 넷째, 다른 사람에게 배려하는 것이 중요하다. 네 가지 요소를 골고루 갖추지 못하면 좋은

인간관계를 형성하기 어렵다.

— 전체적으로는 100점 만점에서 골고루 높은 점수가 나오도록 노력해야 한다. 대인관계가 우수한 사람들의 점수는 80점~90점 사이에 형성된다. 직장인이나 일반사람들의 경우 대부분 50점~60점 사이에 해당된다. 고립적이거나 소극적인 성향의 사람들은 30점 이하의 점수를 나타낸다. 10가지 항목을 측정하여 나의 점수가 80점 이상이 되도록 노력하고 부족한 항목의 점수를 높이도록 노력한다.

스피치로 설득하는 7가지 방법

1. 말하려는 사실들을 단순화한다.

— 사람들은 복잡한 것을 들으려 하지 않는다. 간단하게 정리해 둘 필요가 있다.

2. 말하려는 내용을 잘 알고 있어야 한다.

— 설득의 목적은 내용이므로 내용을 잘 준비해 두어야 한다.

3. 주장과 이유를 분명하게 연결 짓는다.

— 설득에는 정연한 논리 전개가 필요하므로 설득의 주장과 설득의 이유를 분명하게 제시하여야 한다.

4. 알아듣기 쉬운 말로 한다.

5. 상대방의 반응을 염두에 둔다.

6 .성의를 다하여 진심으로 말한다.

— 여기서 중요한 것은 반드시 진심을 담아 말해야 하는 것이다. 설득의 화술에서는 진실하게 말한다는 것이 가장 중요한 요소이다.

7. 여운을 남길 수 있는 말을 꼭 한다.

— 이야기를 끝낼 때 듣는 사람의 마음에 오래 기억될 수 있는 좋은 말로 끝을 내는 것이 중요하다.

효과적으로 상담하는 방법

상담 스피치는 이렇게 하라

1. 고객(방문객)에 대한 말의 선택이 중요하다.

— 인사, 자기소개, 설명, 세상 돌아가는 이야기, 요청 등 어떤 경우의 대화에 있어서나 말의 선택을 신중하게 한다.

— 상대방에 따라 말과 말투에 변화를 주는 것도 중요하다.

— 자신의 말하는 방법, 다른 사람의 말하는 방법, 양쪽에 대해 항상 연구하여 좋은 대화를 할 수 있도록 노력을 게을리하지 않는다.

2. 적절한 경어를 사용한다.

— 손님에 대한 매너를 지키며 상대방을 치켜세우는 대화 방법의 한 가지 분명한 근거는 적절한 경어 사용에 있다.

— 어떤 손님이든, 어떤 경우든, 손님과 주인 쪽의 관계에서 벗어나서는 안 된다.

— 올바른 경어의 사용은 매우 어렵기 때문에 손님이나 윗사람에 대하여는 무의식중에 적절한 경어를 사용할 수 있도록 평소에 훈련해 둔다.

3. 말을 명료하게 한다.

— 어물어물 무슨 말을 하는지 모르는 대화는 매우 좋지 못하다. 되도록 분명하게 말한다.

— 목소리가 지나치게 작거나, 지나치게 크면 알아듣기 힘들다. 중간 정도의 성량으로 말한다.

4. 품위가 없는 말은 사용하지 않는다.

— 저속한 말, 상스러운 표현은 절대로 삼간다. 그러기 위해서는 어떤 말과 표현이 품위가 없는가, 저속한가에 대한 판단을 할 줄 알아야 한다.

— 입으로만 고상한 척할 뿐, 비꼬는 투가 되거나 무례함이 담긴 정중한 태도가 되지 않도록 한다.

— 좋지 못한 말, 예컨대 '당신', '나', '…있지.' 등은 버릇이 되어 자신도 모르는 사이에 나오기 때문에 조심해야 한다.

5. 난해한 말을 사용하지 않는다.

— 상대방이 이해하지 못하는 말, 이해하기 힘든 말, 판단을 잘못할 수 있는 말을 사용하지 않는다.

— 외국어나 유행어도 상대방의 이해도를 충분히 고려한 다음 사용한다.

— 상대방의 표정을 잘 보며 알기 힘들 것 같다고 생각되면 이내 다시 말해야 한다.

6. 후악(後惡)의 표현은 피한다.

— 먼저 좋은 표현을 하고 뒤에 나쁜 표현을 하거나 돌려서 하는 말

은 피한다.

— 상품 설명에서 본다면 예컨대, "이 상품은 모양은 좋지만 오래 가지 않는다."고 할 것이 아니라, "내구성은 좋지 못하지만 모양은 아주 좋습니다."라고 하는 등이다.

7. 상대방과 논쟁하지 않는다.

— 손님과는 어떤 경우이든 논쟁을 해서는 안 된다. 비록 상대방의 말이 억지며 불합리하다 하더라도. 즉, 손님과 논쟁을 벌여 이겨 본들 아무 소용이 없다. 그 손님은 영원히 돌아오지 않을 것이다.

— 상대에 대해 반대의견을 내세우는 경우에는 정면으로 반대할 것이 아니라 일단 긍정하고 나서 부드럽게 반론을 제기하도록 한다.

8. 상대방에 따라 연구한다.

— 손님의 구분은 크게 연령, 성별, 성격, 직업 등으로 나눌 수 있겠지만 세분하면 무한하다.

— 고객 즉, 손님은 그야말로 '십인십색'이다. 이 십색을 잘 알아보고 거기에 적합한 말씨를 택할 필요가 있다.

— 상대방에 따라 대화방법, 말씨를 연구하려면 사람을 가려보는 안목이 있어야 한다.

고객과 말할 때의 표정·태도

1. 눈이 말하게 한다.

— 고객과의 응대에 있어서 주인의 표정과 태도가 얼마나 중요한가

는 새삼 말할 필요도 없다.

— '눈은 마음의 창'이라 하듯이 눈의 빛남과 움직임만으로도 고객의 마음을 크게 사로잡을 수 있고 움직일 수 있다.

— 대화와 병행하여 또는 대화 대신에 자신의 표정, 몸짓, 동작 등을 총동원하여 고객을 응대해야 한다.

— 표정, 태도의 기본은 말할 것도 없이 진지하고 성실하며 모든 노력을 기울이는 데 있다.

2. 미소로써 상대 한다.

— 때로는 진지한 표정도 필요하지만 기본 바탕은 미소 짓는 표정이다.

— 본인으로서는 애교 있는 미소와 표정을 지은 셈이지만 상대방이 볼 때 '히죽거려 기분이 나쁘다.'는 인상을 줄 수도 있으므로 주의한다.

3. 적절한 제스처를 사용한다.

— 몸짓이나 손짓은 이야기 내용을 강조하는 데 크게 도움이 된다.

— 지나치게 큰 동작을 하거나 상대방에게 혐오감, 불쾌감을 주지 않는 범위에서 활용하는 것이 효과가 있다.

고객에 대해 인사하는 방법

1. 자연스럽게 한다.

— 인사말에는 "안녕하십니까?", "오랜만입니다." 등 만남의 인사말, "날씨가 좋습니다.", "날씨가 나쁩니다." 등 기후에 대한 인사말,

"격조했습니다." 등 소식에 대한 인사말 등 여러 가지가 있다.

— 인사는 에티켓으로 보나, 대화로 들어가기 전의 분위기 조성으로 보나 매우 중요하다.

— 인사는 무의식중에 아주 자연스럽게 할 수 있어야 한다. 그렇게 되기까지 자신을 습관화하는 것이 중요하다.

2. 밝고 활기차게 한다.

— 사람을 만났을 때의 첫 인사말은 상대방의 마음에 강한 영향을 준다.

— 밝고 활기 있게 "안녕하십니까?" 하면 말하는 쪽이나, 듣는 쪽이나 어쩐지 기분이 고양된다.

— 인사는 반드시 이쪽에서 먼저 한다.

3. 밖에서 만났을 때

— 사업장 이외의 자리에서 잘 아는 고객을 만났을 때 평소와 다름없이 인사한다.

— 인사에 이어 고객이 말을 걸어 왔을 때에는 기분 좋게 응대해야 한다.

고객과 말할 때의 자세

1. 말하는 자세가 중요하다.

— 고객과 말할 때는 주인의 자세처럼 중요한 것은 없다.

— 우선 최초의 인사를 적절하게 한다. 이 인사를 우습게 여겨서는 안 된다.

2. 고객에게 호감을 줄 수 있는 자세로 한다.

— 고객과의 대화 자세는 호감을 줄 수 있는 것이 첫째이다. 적어도 혐오감을 주는 자세여서는 안 된다.

— 앉아서 이야기할 때에는 의자에 깊숙이 앉거나 뒤로 몸을 젖혀 앉거나 하지 않는다. 의자에 절반 정도 걸터앉아 무릎에 손을 가볍게 얹으며 등을 편 채 약간 앞으로 기울이는 듯한 자세로 진지하게 듣는다.

— 서 있을 때는 뒤로 몸을 젖히기, 뒷짐 지기, 팔짱 끼기, 옆을 향하기 등의 자세를 취해서는 안 된다. 그렇다고 손을 비비는 등의 지나치게 비굴한 자세도 바람직하지 못하다.

<u>고객의 이야기를 듣는 자세</u>

1. 일방적으로 말하지 말라.

— '일사천리'식으로 일방적인 지껄임을 당하면 대개의 경우, 상대방(고객)은 불쾌감이나 거부반응을 일으키게 된다.

— 대화는 캐치볼과 같다. 던져 주기도 하고 받아 주기도 해야 한다. 상대방에 따라서는 받아 주는 역할(들어주는 역할)을 많이 해주는 편이 효과적인 때가 많다.

— 이야기를 잘 들어주는 사람이 이야기를 잘하는 사람이다. 말하기를 좋아하는 사람에 대하여는 많은 말을 하게 하면서 상담내용이 바람직하게 진행되도록 한다.

2. 말을 들어줄 때도 포인트가 있다.

— 우선 표정, 태도가 중요하다. 상대방의 눈(또는 얼굴)을 보면서 진지하게 듣고 있는 표정을 짓는다.

— 적절히 "그렇군요!", "저런", "놀랍군요!" 하는 등 맞장구를 친다.

— 상대방이 특별히 강조하는 대목이나 중요하다고 생각되는 부분에서는 이쪽에서도 감동적인 표정과 태도를 보여주는 것이 에티켓이다.

3. 이야기가 길어질 때의 중단도 센스 있게 한다.

— 이야기를 중단시키는 일은 되도록 피한다. 부득이할 때에는 상대방의 기분을 상하게 하지 않는 것이 무엇보다도 중요하다.

— 상대방의 이야기를 중단할 때에는 그 첫마디가 중요하다. 예컨대 "말씀 하시는 도중에 참으로 송구합니다만 기차시간이…" 등으로 한다.

— 이야기가 일단락되었을 때 상대방의 말을 받는 형식으로 이쪽 페이스를 시작하는 것도 바람직하다.

개인 대 개인으로 말하라

1. 사람들은 독자적인 인간으로 대접 받기 원한다.

— 고객 여러분, 대중, 기혼자들과 같은 범주에 들어가기를 싫어한다.

— 손님은 모두 똑같다고 말하는 상인은 얼마 안 가서 망하게 될 것이다.

— 남자는 다 도둑놈이라고 말하는 처녀는 신랑감을 만나기 어려울

것이다.

2. '손님들'이라는 인간은 없다.

— 손님은 단지 추상적인 명칭일 뿐이다.

— 인간이 한 인간을 만나야 거래도 이루어지고, 우정도 싹트고, 남여 간에는 사랑이 싹튼다.

— 손님을 한 개인으로 중요시해야 한다. 개인이란 것이 중요한 개체이며 이 개인을 설득할 줄 알아야 조직도 움직일 수가 있고, 회사도 운영할 수가 있고, 국가도 경영할 수가 있는 것이다.

스피치에 필요한 명언

좋은 말 한마디는 나쁜 책 한권보다 낫다.

— 르나르(프랑스의 작가)

자기 자신보다 더 현명한 충고를 줄 수 있는 사람은 없다.

— 키케로(로마의 시인)

침묵은 어리석은 자의 지혜이며, 현자의 미덕이다.

— 보나르(프랑스의 정치가)

말수는 적을수록 좋다.

— 디킨즈(영국의 작가)

유머는 남용의 유행성이 있는 약이다.

— W. S. 길버트(영국의 저술가)

인간은 웃는 힘을 부여받은 유일한 동물이다.

— F. 그레빌(영국의 시인)

웃음은 인류에게만 허용된 것이며, 이성이 지닌 특권의 하나이다.

— 레이헌트

일단 한 말은 날아간 화살과 같다.

— T. 폴러(영국의 경구가)

사람은 산 정상에 오를 수 있지만 거기에 오랫동안 살 수는 없다.

— 버나드쇼

아무리 약한 사람들이라도 단결은 힘을 부여한다.

— 호메로스(그리스의 시인)

전체는 개인을 위해서, 개인은 전체를 위해서 존재한다.

— 뒤마(프랑스의 작가)

부부란 두 개의 절반이 되는 것이 아니라 하나의 전체가 되는 것이다.

— 고흐

모든 지식은 경험에 바탕을 두고 있다.

— 칸트(독일의 철학자)

인생의 위대한 목표는 지식이 아니라 행동이다.

— J. H. 헉슬리(영국의 과학자)

소중한 것은 중요하지 않은 사람들의 말이 인정되는 것이다.

— 처칠(영국의 정치가)

추억은 기억으로부터 망각으로 옮기는 도중에 잔존한 것이다.

— 레니에

거절하는 데 많은 말을 할 필요가 없다. 상대는 그저 아니라는 말 한 마디만 들으면 족하다.

— 괴테(독일의 철학자)

좋은 말은 선행의 일종이지만 그러나 말은 결코 행위가 아니다.

— 셰익스피어(영국의 극작가)

준마는 하루에 천리를 달리지만, 노마도 열흘을 달리면 따라 갈 수가 있다.

— 순자(중국의 철학자)

유머는 지적인 천재의 가장 훌륭한 완성으로 간주되어 왔다.

— T. 칼라일(영국의 역사가)

매일 중에서 가장 헛되게 보낸 날은 웃지 않은 날이다.

— 쌍포르(프랑스의 모럴리스트)

우리들은 때때로 인간의 미덕에서보다도 잘못에서 더 많은 것을 배운다.

— 롱펠로우(미국의 시인)

과실은 사람들을 결합시키는 힘이요, 진실은 진실한 행위에 의해서만 사람들에게 전달된다.

— 톨스토이(러시아의 작가)

졸병은 문제가 아니다 중요한 것은 누가 지휘를 하느냐이다.

— 드골(프랑스의 정치가)

진짜 리더는 사람을 리드할 필요가 없다. 다만 길을 제시하는 것만으로 족하다.

— 헨리 밀러(미국의 작가)

사람은 자기보다 작은 사람의 도움을 필요로 할 때가 종종 있다.

— 라퐁네느(프랑스의 우화작가)

인간은 한 사람 한 사람 떼어 보면 모두 영리하고 분별이 있지만, 집단을 이루면 바로 바보가 되고 만다.

— 쉴러(독일의 시인)

쾌락과 궁전 속을 거닐지라도, 언제나 초라하지만 내 집만 한 곳은 없다.

— J. H. 페인(미국의 정치가)

이상은 우리 자신 속에 있다. 동시에 그 달성에 대한 여러 가지 장애 또한 우리 자신 속에 있다.

— 토머스 카알라일(영국의 작가)

추억은 식물과 같아 신선할 때 심지 않으면 뿌리를 내리지 않는다.

— 생트 뵈브(프랑스의 시인, 소설가, 문예평론가)

타인의 생활과 비교하지 말고, 그대 자신의 생활을 즐겨라.

— 콩도르세(프랑스의 철학자)

자연은 결코 배신하지 않는다. 우리 자신을 배신하는 것은 항상 우리들이다.

— 루소(프랑스의 철학자)

우리 인간은 건물을 짓지만, 그 뒤는 건물이 인간을 형성하게 된다.

— 처칠(영국의 정치가)

언어를 속박하는 것은 사상을 속박하는 일이다. 이것은 문학과 정치의 관계에서 볼 수 있다.

— 임어당

말에 의한 상처는 칼에 의한 상처보다 심하다.

— 모로코의 속담

처음은 모두 어렵지만, 시작하지 않으면 끝도 없다.

— 독일의 속담

백 사람의 남자가 한 개의 숙박소를 만들 수 있지만, 하나의 가정을 이루기 위해서는 한 사람의 여자가 필요하다.

— 중국의 속담

경험 있는 자는 학문 있는 자보다 낫다. — 스위스의 속담

참고 및 인용도서

신영란 지음, 『성공한 1% 리더들의 고품격 대화』, 도서출판 평단

이재연 지음, 『말의 비밀』, 책나무 출판사

조 지라드 지음, 김용환 옮김, 『사람을 움직이는 대화의 기술』, 경영자료사

홍정기 지음, 『스피치의 비밀』, 한국학술정보(주)

김양호 지음, 『그 말이 정답』, (주)비전비엔피·비전코리아

조관일 지음, 『멋지게 한 말씀』, (주)샘엔파커스

정호승 지음, 『내 인생에 용기가 되어준 한마디』, 도서출판 비채

데일카네기 지음, 최염순 옮김, 『카네기스피치&커뮤니케이션』, 씨앗을 뿌리는 사람의 즐거운 편집실

데일카네기 지음, 최염순 옮김, 『카네기인간관계론』, 씨앗을 뿌리는 사람의 즐거운 편집실

채사장 지음, 『지적대화를 위한 넓고 얕은 지식』, 한빛비즈

이혜범 지음, 『설득의 고수가 된 강대리』, (주)북이십일21세기북스

이진우 지음, 『스피치의 신』, 팜파스

가와가찌 히사시 지음, 김용환 옮김, 『피할 수 없는 인맥 만들기』, 버들미디어

가나이 히데유키 지음, 이봉노 옮김, 『거침없이 당당하게 말하는 3분 스피치』, 도서출판 북뱅크
루멘연구소 지음, 『CHRISTOPHER LEADERSHIP COURSE』, 한국크리스토퍼 리더쉽센터
류소 지음, 『각인각색 심리이야기』, 사군자
톨스토이 지음, 『세상의 지혜를 보는 한 권의 책』, 한림원
최원태 지음, 『21세기 스피치텍크』, 한국사회경영시스템
전성일 지음, 『큰 자기발견 153』, 시몬
조동춘 지음, 『사랑받는 당신을 위하여』, 삼진기획
용인시행정지원과 인재양성팀 펴냄, 『용인시 리더스피치 과정』, 용인시행정지원과
공무원연금공단 펴냄, 『2016 퇴직예정공무원 미래설계과정』, 공무원연금공단